Annette von Droste-Hülshoff, geboren am 10. Januar 1797 auf Schloß Hülshoff bei Münster, ist am 24. Mai 1848 in Meersburg am Bodensee gestorben.

In Erinnerung an »die größte Dichterin Deutschlands«, wie Ricarda Huch sie nannte, hat Werner Fritsch ein Droste-Lesebuch zusammengestellt. Die thematischen Schwerpunkte, deren Elemente sich immer wieder aufs neue durchdringen und verschlingen, konzentrieren sich auf den Dialog der Elemente, Landschaft und Natur von Drostes Heimat in Westfalen, Liebe und Schwärmerei, Teufelspakt, Doppeltes Gesicht, Mystik und Religion, Selbst- und Seelenbilder der Droste.

»Auf den ersten Blick schlug mich *der spiritus familiaris des Roßtäuschers* in Bann: den Sagenkern und die Geschichte vorneweg zu setzen, um dann, der Bleigewichte betulichen Erzählens bar, dem Furor ihrer sprachlichen Phantasie nur um so ungebremster die Zügel schießen lassen zu können, ist heutigentags noch kühn genug. Deswegen nehme ich diesen Text, der als geschlossenster Block Drostescher Sprachkraft in unser Jahrhundert ragt, zur Gänze in mein Lesebuch auf.« *Werner Fritsch*

insel taschenbuch 2193
Droste-Hülshoff
Der Distel mystische Rose

Annette von Droste-Hülshoff

Der Distel mystische Rose

GEDICHTE UND PROSA
AUSGEWÄHLT
VON WERNER FRITSCH

INSEL VERLAG

Umschlagabbildung:
Aus dem Film »Disteln für die Droste«
von Werner Fritsch

insel taschenbuch 2193
Erste Auflage 1998
Originalausgabe

Textnachweise am Schluß des Bandes
Vertrieb durch den Suhrkamp Taschenbuch Verlag
Umschlag nach Entwürfen von Willy Fleckhaus
Satz: Hümmer GmbH, Waldbüttelbrunn
Druck: Nomos Verlagsgesellschaft, Baden-Baden
Printed in Germany

1 2 3 4 5 6 – 03 02 01 00 99 98

Inhalt

SPRACHT AUS DER ELEMENTE STREIT
IHR NICHT VON EINER EWIGKEIT

BILDER AUS WESTFALEN

SEIN BLUT UND MEINE BRENNENDE LIEB

TEUFELSPAKT

WO SIND DES TRAUMES, WO DES LEBENS GRENZEN

DIE STUNDE KÖMMT, WO TOTE GEHEN

DU DER DISTEL MYSTISCHE ROSE

NACHWORT

SPRACHT AUS DER ELEMENTE STREIT
IHR NICHT VON EINER EWIGKEIT

IM GRASE

Süße Ruh', süßer Taumel im Gras,
Von des Krautes Arom umhaucht,
Tiefe Flut, tief, tief trunkne Flut,
Wenn die Wolk' am Azure verraucht,
Wenn aufs müde schwimmende Haupt
Süßes Lachen gaukelt herab,
Liebe Stimme säuselt und träuft
Wie die Lindenblüt' auf ein Grab.

Wenn im Busen die Toten dann
Jede Leiche sich streckt und regt,
Leise, leise den Odem zieht,
Die geschloßne Wimper bewegt,
Tote Lieb', tote Lust, tote Zeit,
All die Schätze, im Schutt verwühlt,
Sich berühren mit schüchternem Klang
Gleich den Glöckchen, vom Winde umspielt.

Stunden, flücht'ger ihr als der Kuß
Eines Strahls auf den trauernden See,
Als des zieh'nden Vogels Lied,
Das mir niederperlt aus der Höh',
Als des schillernden Käfers Blitz
Wenn den Sonnenpfad er durcheilt,
Als der flücht'ge Druck einer Hand,
Die zum letzten Male verweilt.

Dennoch, Himmel, immer mir nur
Dieses Eine nur: für das Lied

Jedes freien Vogels im Blau
Eine Seele, die mit ihm zieht,
Nur für jeden kärglichen Strahl
Meinen farbig schillernden Saum,
Jeder warmen Hand meinen Druck
Und für jedes Glück meinen Traum.

MEINE TOTEN

Wer eine ernste Fahrt beginnt,
Die Mut bedarf und frischen Wind,
Er schaut verlangend in die Weite
Nach eines treuen Auges Brand,
Nach einem warmen Druck der Hand,
Nach einem Wort, das ihn geleite.

Ein ernstes Wagen heb' ich an,
So tret' ich denn zu euch hinan,
Ihr meine stillen strengen Toten;
Ich bin erwacht an eurer Gruft,
Aus Wasser, Feuer, Erde, Luft,
Hat eure Stimme mir geboten.

Wenn die Natur in Hader lag,
Und durch die Wolkenwirbel brach
Ein Funke jener tausend Sonnen, –
Spracht aus der Elemente Streit
Ihr nicht von einer Ewigkeit
Und unerschöpften Lichtes Bronnen?

Am Hange schlich ich, krank und matt,
Da habt ihr mir das welke Blatt
Mit Warnungsflüstern zugetragen,
Gelächelt aus der Welle Kreis,
Habt aus des Angers starrem Eis
Die Blumenaugen aufgeschlagen.

Was meine Adern muß durchziehn,
Sah ich's nicht flammen und verglühn,
An eurem Schreine nicht erkalten?
Vom Auge hauchtet ihr den Schein,
Ihr meine Richter, die allein
In treuer Hand die Waage halten.

Kalt ist der Druck von eurer Hand,
Erloschen eures Blickes Brand,
Und euer Laut der Öde Odem,
Doch keine andre Rechte drückt
So traut, so hat kein Aug' geblickt,
So spricht kein Wort, wie Grabesbrodem!

Ich fasse eures Kreuzes Stab,
Und beuge meine Stirn hinab
Zu eurem Gräserhauch, dem stillen,
Zumeist geliebt, zuerst gegrüßt,
Laßt, lauter wie der Äther fließt,
Mir Wahrheit in die Seele quillen.

IM MOOSE

Als jüngst die Nacht dem sonnenmüden Land
Der Dämmrung leise Boten hat gesandt,
Da lag ich einsam noch in Waldes Moose.
Die dunklen Zweige nickten so vertraut,
An meiner Wange flüsterte das Kraut,
Unsichtbar duftete die Heiderose.

Und flimmern sah ich, durch der Linde Raum,
Ein mattes Licht, das im Gezweig der Baum
Gleich einem mächt'gen Glühwurm schien zu tragen.
Es sah so dämmernd wie ein Traumgesicht,
Doch wußte ich, es war der Heimat Licht,
In meiner eignen Kammer angeschlagen.

Ringsum so still, daß ich vernahm im Laub
Der Raupe Nagen, und wie grüner Staub
Mich leise wirbelnd Blätterflöckchen trafen.
Ich lag und dachte, ach so Manchem nach,
Ich hörte meines eignen Herzens Schlag,
Fast war es mir als sei ich schon entschlafen.

Gedanken tauchten aus Gedanken auf,
Das Kinderspiel, der frischen Jahre Lauf,
Gesichter, die mir lange fremd geworden;
Vergeßne Töne summten um mein Ohr,
Und endlich trat die Gegenwart hervor,
Da stand die Welle, wie an Ufers Borden.

Dann, gleich dem Bronnen, der verrinnt im Schlund,
Und drüben wieder sprudelt aus dem Grund,
So stand ich plötzlich in der Zukunft Lande;
Ich sah mich selber, gar gebückt und klein,
Geschwächten Auges, am ererbten Schrein
Sorgfältig ordnen staub'ge Liebespfande.

Die Bilder meiner Lieben sah ich klar,
In einer Tracht, die jetzt veraltet war,
Mich sorgsam lösen aus verblichnen Hüllen,
Löckchen, vermorscht, zu Staub zerfallen schier,
Sah über die gefurchte Wange mir
Langsam herab die karge Träne quillen.

Und wieder an des Friedhofs Monument,
Dran Namen standen die mein Lieben kennt,
Da lag ich betend, mit gebrochnen Knieen,
Und – horch, die Wachtel schlug! Kühl strich der Hauch –
Und noch zuletzt sah ich, gleich einem Rauch,
Mich leise in der Erde Poren ziehen.

Ich fuhr empor, und schüttelte mich dann,
Wie Einer, der dem Scheintod erst entrann,
Und taumelte entlang die dunklen Hage,
Noch immer zweifelnd, ob der Stern am Rain
Sei wirklich meiner Schlummerlampe Schein,
Oder das ew'ge Licht am Sarkophage.

DIE MERGELGRUBE

Stoß deinen Scheit drei Spannen in den Sand,
Gesteine siehst du aus dem Schnitte ragen,
Blau, gelb, zinnoberrot, als ob zur Gant
Natur die Trödelbude aufgeschlagen.

Kein Pardelfell war je so bunt gefleckt,
Kein Rebhuhn, keine Wachtel so gescheckt,
Als das Gerölle gleißend wie vom Schliff
Sich aus der Scholle bröckelt bei dem Griff
Der Hand, dem Scharren mit des Fußes Spitze.
Wie zürnend sturt dich an der schwarze Gneus,
Spatkugeln kollern nieder, milchig weiß,
Und um den Glimmer fahren Silberblitze;
Gesprenkelte Porphyre, groß und klein,
Die Ockerdruse und der Feuerstein –
Nur wenige hat dieser Grund gezeugt,
Der sah den Strand, und *der* des Berges Kuppe;
Die zorn'ge Welle hat sie hergescheucht,
Leviathan mit seiner Riesenschuppe,
Als schäumend übern Sinai er fuhr,
Des Himmels Schleusen dreißig Tage offen,
Gebirge schmolzen ein wie Zuckerkand,
Als dann am Ararat die Arche stand,
Und, eine fremde, üppige Natur,
Ein neues Leben quoll aus neuen Stoffen. –
Findlinge nennt man sie, weil von der Brust,
Der mütterlichen sie gerissen sind,
In fremde Wiege schlummernd unbewußt,
Die fremde Hand sie legt wie's Findelkind.

O welch' ein Waisenhaus ist diese Heide,
Die Mohren, Blaßgesicht, und rote Haut
Gleichförmig hüllet mit dem braunen Kleide!
Wie endlos ihre Zellenreihn gebaut!

Tief in's Gebröckel, in die Mergelgrube
War ich gestiegen, denn der Wind zog scharf;
Dort saß ich seitwärts in der Höhlenstube,
Und horchte träumend auf der Luft Geharf.
Es waren Klänge, wie wenn Geisterhall
Melodisch schwinde im zerstörten All;
Und dann ein Zischen, wie von Moores Klaffen,
Wenn brodelnd es in sich zusamm'gesunken;
Mir über'm Haupt ein Rispeln und ein Schaffen,
Als scharre in der Asche man den Funken.
Findlinge zog ich Stück auf Stück hervor,
Und lauschte, lauschte mit berauschtem Ohr.

Vor mir, um mich der graue Mergel nur,
Was drüber sah ich nicht; doch die Natur
Schien mir verödet, und ein Bild erstand
Von einer Erde, mürbe, ausgebrannt;
Ich selber schien ein Funken mir, der doch
Erzittert in der toten Asche noch,
Ein Findling im zerfall'nen Weltenbau.
Die Wolke teilte sich, der Wind ward lau;
Mein Haupt nicht wagt' ich aus dem Hohl zu strecken,
Um nicht zu schauen der Verödung Schrecken,
Wie Neues quoll und Altes sich zersetzte
War ich der erste Mensch oder der letzte?

Ha, auf der Schieferplatte hier Medusen
Noch schienen ihre Strahlen sie zu zücken,
Als sie geschleudert von des Meeres Busen,
Und das Gebirge sank, sie zu zerdrücken.
Es ist gewiß, die alte Welt ist hin,
Ich Petrefakt, ein Mammutsknochen drin!
Und müde, müde sank ich an den Rand
Der staub'gen Gruft; da rieselte der Grand
Auf Haar und Kleider mir, ich ward so grau
Wie eine Leich' im Katakomben-Bau,
Und mir zu Füßen hört ich leises Knirren,
Ein Rütteln, ein Gebröckel und ein Schwirren.
Es war der Totenkäfer, der im Sarg
So eben eine frische Leiche barg;
Ihr Fuß, ihr Flügelchen empor gestellt
Zeigt eine Wespe mir von dieser Welt.
Und anders ward mein Träumen nun gewandet,
Zu einer Mumie ward ich versandet,
Mein Linnen Staub, fahlgrau mein Angesicht,
Und auch der Skarabäus fehlte nicht.

Wie, Leichen über mir? – so eben gar
Rollt mir ein Byssusknäuel in den Schoß;
Nein, das ist Wolle, ehrlich Lämmerhaar –
Und plötzlich ließen mich die Träume los.
Ich gähnte, dehnte mich, fuhr aus dem Hohl,
Am Himmel stand der rote Sonnenball
Getrübt von Dunst, ein glüher Karniol,
Und Schafe weideten am Heidewall.
Dicht über mir sah ich den Hirten sitzen,
Er schlingt den Faden und die Nadeln blitzen,
Wie er bedächtig seinen Socken strickt.

Zu mir hinunter hat er nicht geblickt.
»Ave Maria« hebt er an zu pfeifen,
So sacht und schläfrig, wie die Lüfte streifen.
Er schaut so seelengleich die Herde an,
Daß man nicht weiß, ob Schaf er oder Mann.
Ein Räuspern dann, und langsam aus der Kehle
Schiebt den Gesang er in das Garngestrehle:

Es stehet ein Fischlein in einem tiefen See,
Danach tu ich wohl schauen, ob es kommt in die Höh;
Wandl' ich über Grunheide bis an den kühlen Rhein,
Alle meine Gedanken bei meinem Feinsliebchen sein.

Gleich wie der Mond ins Wasser schaut hinein,
Und gleich wie die Sonne im Wald gibt güldenen Schein,
Also sich verborgen bei mir die Liebe findt,
Alle meine Gedanken, sie sind bei dir, mein Kind.

Wer da hat gesagt, ich wollte wandern fort,
Der hat sein Feinsliebchen an einem andern Ort;
Trau nicht den falschen Zungen, was sie dir blasen ein,
Alle meine Gedanken, sie sind bei dir allein.

Ich war hinaufgeklommen, stand am Bord,
Dicht vor dem Schäfer, reichte ihm den Knäuel;
Er steckt' ihn an den Hut, und strickte fort,
Sein weißer Kittel zuckte wie ein Weihel.
Im Moose lag ein Buch; ich hob es auf –
»Bertuchs Naturgeschichte«; les't ihr das? –
Da zog ein Lächeln seine Lippen auf:
Der lügt mal, Herr! doch das ist just der Spaß!
Von Schlangen, Bären, die in Stein verwandelt,

Als, wie Genesis sagt, die Schleusen offen;
Wär's nicht zur Kurzweil, wär es schlecht gehandelt:
Man weiß ja doch, daß alles Vieh versoffen.
Ich reichte ihm die Schieferplatte: »schau,
Das war ein Tier.« Da zwinkert er die Brau,
Und hat mir lange pfiffig nachgelacht –
Daß ich verrückt sei, hätt' er nicht gedacht! –

LEDWINA

Der Strom zog still seinen Weg, und konnte keine der Blumen und Zweige aus seinem Spiegel mitnehmen, nur eine Gestalt, wie die einer jungen Silberlinde, schwamm langsam seine Fluten hinauf, es war das schöne bleiche Bild Ledwinens, die von einem weiten Spaziergange an seinen Ufern heim kehrte, wenn sie zuweilen halb ermüdet halb sinnend still stand, dann konnte er keine Strahlen stehlen, auch keine hellen oder milderen Farbenspiele von ihrer jungen Gestalt, denn sie war so farblos wie eine Schneeblume, und selbst ihre lieben Augen waren wie ein paar verblichne Vergißmeinnicht, denen nur Treue geblieben, aber kein Glanz. »Müde, müde« sagte sie leise, und ließ sich langsam nieder in das hohe frischgrüne Ufergras, daß es sie umstand wie die grüne Einfassung ein Lilienbeet, eine angenehme Frische zog durch alle ihre Glieder, daß sie die Augen vor Lust schloß, als ein krampfhafter Schmerz sie auftrieb, im Nu stand sie aufrecht, die eine Hand fest auf die kranke Brust gepreßt, und schüttelte unwillig, ob ihrer Schwäche, das blonde Haupt, wandte sich rasch, wie zum fortgehn, und kehrte dann fast wie trotzend zurück, trat dicht an das Ufer und schaute anfangs hell dann träumend in den Strom, ein großer aus dem Flusse ragender Stein, sprühte bunte Tropfen um sich, und die Wellchen strömten und brachen sich so zierlich, daß das Wasser hier wie mit einem Netze überzogen schien, und die Blätter der am Ufer neigenden Zweige, im Spiegel wie grüne Schmetterlinge davon flatterten, Ledwinens Augen aber ruhten aus auf ihrer eignen Gestalt, wie die Locken von ihrem Haupte fielen und fortrieben, ihr Gewand zerriß und die weißen Finger sich ablösten und verschwammen und wie der Krampf wieder sich leise zu regen begann, da wurde es ihr, als ob sie wie tot sei und wie die Verwesung lösend durch ihre Glieder fresse, und jedes Element das Seinige mit sich fortreiße.

BILDER AUS WESTFALEN

BILDER AUS WESTFALEN

Erstes Kapitel
Die Physiognomie des Landes Paderborn, Münster, der Grafschaft Mark und des Herzogtums Westfalen

Wenn wir von Westfalen reden, so begreifen wir darunter einen großen, sehr verschiedenen Landstrich, verschieden nicht nur den weit auseinanderliegenden Stammwurzeln seiner Bevölkerung nach, sondern auch in allem, was die Physiognomie des Landes bildet oder wesentlich darauf zurückwirkt, in Klima, Naturform, Erwerbsquellen und, als Folge dessen, in Kultur, Sitten, Charakter und selbst Körperbildung seiner Bewohner: daher möchten wohl wenige Teile unsers Deutschlands einer so vielseitigen Beleuchtung bedürfen.

Zwar gibt es ein Element, das dem Ganzen, mit Ausnahme einiger kleiner Grenzprovinzen, für den oberflächlichen Beobachter einen Anhauch von Gleichförmigkeit verleiht, ich meine das des gleichen (katholischen) Religionskultus und des gleichen früheren Lebens unter den Krummstäben, was in seiner festen Form und gänzlicher Beschränkung auf die nächsten Zustände immer dem Volkscharakter und selbst der Natur einen Charakter von bald beschaulicher, bald in sich selbst arbeitender Abgeschlossenheit gibt, den wohl erst eine lange Reihe von Jahren und die Folge mehrerer, unter fremden Einflüssen herangebildeter Generationen völlig verwischen dürften. Das schärfere Auge wird indessen sehr bald von Abstufungen angezogen, die in ihren Endpunkten sich fast zum Kontraste steigern und bei der noch großenteils erhaltenen

Volkstümlichkeit dem Lande ein Interesse zuwenden, was ein vielleicht besserer, aber zerflossener Zustand nicht erregen könnte. – Gebirg und Fläche scheinen auch hier, wie überall, die schärferen Grenzlinien bezeichnen zu wollen; doch haben, was das Volk betrifft, Umstände die gewöhnliche Folgenreihe gestört, und statt aus dem flachen, heidigen Münsterlande durch die hügelige Grafschaft Mark und das Bistum Paderborn bis in die dem Hochgebirge nahestehenden Bergkegel des Sauerlandes (Herzogtum Westfalen) sich der Natur nachzumetamorphosieren, bildet hier vielmehr der Sauerländer den Übergang vom friedlichen Heidebewohner zum wilden, fast südlich durchglühten Insassen des Teutoburger Waldes. – Doch lassen wir dieses beiläufig beiseite und fassen die Landschaft ins Auge, unabhängig von ihren Bewohnern, insofern die Einwirkung derselben (durch Kultur usw.) auf deren äußere Form dieses erlaubt.

Wir haben bei Wesel die Ufer des Niederrheins verlassen und nähern uns durch das, auf der Karte mit Unrecht Westfalen zugezählte, noch echt rheinische Herzogtum Kleve den Grenzen jenes Landes. Das allmähliche Verlöschen des Grüns und der Betriebsamkeit, das Zunehmen der glänzenden Sanddünen und einer gewissen lauen, träumerischen Atmosphäre sowie die aus den seltenen Hütten immer blonder und weicher hervorschauenden Kindergesichter sagen uns, daß wir sie überschritten haben – wir sind in den Grenzstrichen des Bistums Münster. Eine trostlose Gegend! unabsehbare Sandflächen, nur am Horizonte hier und dort von kleinen Waldungen und einzelnen Baumgruppen unterbrochen. Die von Seewinden geschwängerte Luft scheint nur im Schlafe aufzuzucken. Bei jedem Hauche geht ein zartes, dem Rauschen der Fichten ähnliches Geriesel über die Fläche und säet den Sandkies in glühenden Streifen bis an die nächste Düne, wo der Hirt in halb somnambüler Beschaulichkeit seine Socken strickt und sich so wenig um uns kümmert als sein gleichfalls somnambüler Hund und seine Heidschnucken. Schwärme badender Krähen liegen quer über den Pfad und flattern erst auf, wenn wir sie fast greifen könnten, um einige Schritte seitwärts wieder niederzufallen und uns im Vorübergehen mit einem weissagenden Auge ›oculo torvo sinistroque‹ zu betrachten. Aus den einzelnen Wacholderbüschen dringt das klagende, möwenartige Geschrill der jungen Kiebitze, die wie Tauchervögel im Schilf in ihrem stachlichten Asyle umschlüpfen und bald hier, bald drüben ihre Federbüschel hervorstrecken. Dann noch etwa jede Meile eine Hütte, vor deren Tür ein paar Kinder sich im Sande wälzen und Käfer fangen, und allenfalls ein wandernder Naturforscher, der neben seinem überfüllten Tornister kniet und lächelnd die zierlich versteinerten Muscheln und Seeigel betrachtet, die wie Modelle einer frühern Schöpfung hier überall verstreut liegen – und wir haben alles genannt, was eine lange Tagesreise hindurch eine Gegend belebt, die keine andre Poesie aufzuweisen hat als die einer fast jungfräulichen Einsamkeit und einer weichen, traumhaften Beleuchtung, in der sich die Flügel der Phantasie unwillkürlich entfalten. Allmählich bereiten sich indessen freundlichere Bilder vor, zerstreute Grasflächen in den Niederungen, häufigere und frischere Baumgruppen begrüßen uns als Vorposten nahender Fruchtbarkeit, und bald befinden wir uns in dem Herzen des Münsterlandes, in einer Gegend, die so anmutig ist, wie der gänzliche Mangel an Gebirgen, Felsen und belebten Strömen dieses nur immer gestattet, und die wie eine große Oase in dem sie von allen Seiten, nach Holland,

Oldenburg, Kleve zu, umstäubenden Sandmeer liegt. In hohem Grade friedlich, hat sie doch nichts von dem Charakter der Einöde; vielmehr mögen wenige Landschaften so voll Grün, Nachtigallenschlag und Blumenflor angetroffen werden, und der aus minder feuchten Gegenden Einwandernde wird fast betäubt vom Geschmetter der zahllosen Singvögel, die ihre Nahrung in dem weichen Kleiboden finden. Die wüsten Steppen haben sich in mäßige, mit einer Heideblumendecke farbig überhauchte Weidestrecken zusammengezogen, aus denen jeder Schritt Schwärme blauer, gelber und milchweißer Schmetterlinge aufstäuben läßt. Fast jeder dieser Weidegründe enthält einen Wasserspiegel, von Schwertlilien umkränzt, an denen Tausende kleiner Libellen wie bunte Stäbchen hängen, während die der größeren Art bis auf die Mitte des Weihers schnurren, wo sie in die Blätter der gelben Nymphäen wie goldene Schmucknadeln in emaillierte Schalen niederfallen und dort auf die Wasserinsekten lauern, von denen sie sich nähren. Das Ganze umgrenzen kleine, aber zahlreiche Waldungen. Alles Laubholz, und namentlich ein Eichenbestand von tadelloser Schönheit, der die holländische Marine mit Masten versieht – in jedem Baume ein Nest, auf jedem Aste ein lustiger Vogel und überall eine Frische des Grüns und ein Blätterduft, wie dieses anderwärts nur nach einem Frühlingsregen der Fall ist. Unter den Zweigen lauschen die Wohnungen hervor, die, langgestreckt, mit tief niederragendem Dache, im Schatten Mittagsruhe zu halten und mit halbgeschlossenem Auge nach den Rindern zu schauen scheinen, welche, hellfarbig und gescheckt, wie eine Damwildherde sich gegen das Grün des Waldbodens oder den blassen Horizont abzeichnen und in wechselnden Gruppen durcheinanderschieben, da diese Heiden immer Allmenden sind und jede wenigsten sechzig Stück Hornvieh und darüber enthält. Was nicht Wald und Heide ist, ist Kamp, das heißt Privateigentum, zu Acker und Wiesengrund benützt und, um die Beschwerde des Hütens zu vermeiden, je nach dem Umfange des Besitzes oder der Bestimmung mit einem hohen, von Laubholz überflatterten Erdwalle umhegt. Dieses begreift die fruchtbarsten Grundstrecken der Gemeinde, und man trifft gewöhnlich lange Reihen solcher Kämpe nach- und nebeneinander, durch Stege und Pförtchen verbunden, die man mit jener angenehmen Neugier betritt, mit der man die Zimmer eines dachlosen Hauses durchwandelt. Wirklich geben auch vorzüglich die Wiesen einen äußerst heiteren Anblick durch die Fülle und Mannigfaltigkeit der Blumen und Kräuter, in denen die Elite der Viehzucht, schwerer ostfriesischer Rasse, übersättigt wiederkaut und den Vorübergehenden so träge und hochmütig anschnaubt, wie es nur der Wohlhäbigkeit auf vier Beinen erlaubt ist. Gräben und Teiche durchschneiden auch hier, wie überall, das Terrain und würden, wie alles stehende Gewässer, widrig sein, wenn nicht eine weiße, von Vergißmeinnicht umwucherte Blütendecke und der aromatische Duft des Minzkrautes dem überwiegend entgegenwirkten; auch die Ufer der träg schleichenden Flüsse sind mit dieser Zierde versehen und mildern so das Unbehagen, das ein schläfriger Fluß immer erzeugt. – Kurz, diese Gegend bietet eine lebhafte Einsamkeit, ein fröhliches Alleinsein mit der Natur, wie wir es anderwärts noch nicht angetroffen. Dörfer trifft man alle Stunden Weges höchstens eines, und die zerstreuten Pachthöfe liegen so versteckt hinter Wallhecken und Bäumen, daß nur ein ferner Hahnenschrei oder ein aus seiner Laubperücke winkender Heiligenschein sie dir andeutet und du dich allein glaubst mit Gras und Vögeln, wie am vierten Tag der Schöpfung, bis ein langsames »Hott« oder »Haar« hinter der nächsten Hecke dich aus dem Traume weckt oder ein grell anschlagender Hofhund dich auf den Dachstreifen aufmerksam macht, der sich gerade neben dir wie ein liegender Balken durch das Gestrüpp des Erdwalls zeichnet. – So war die Physiognomie des Landes bis heute, und so wird es nach vierzig Jahren nimmer sein. Bevölkerung und Luxus wachsen sichtlich, mit ihnen Bedürfnisse und Industrie. Die kleinen malerischen Heiden werden geteilt; die Kultur des langsam wachsenden Laubwaldes wird vernachlässigt, um sich im Nadelholze einen schnellern Ertrag zu sichern, und bald werden auch hier Fichtenwälder und endlose Getreideseen den Charakter der Landschaft teilweise umgestaltet haben, wie auch ihre Bewohner von den uralten Sitten und Gebräuchen mehr und mehr ablassen; fassen wir deshalb das Vorhandene noch zuletzt in seiner Eigentümlichkeit auf, ehe die schlüpfrige Decke, die allmählich Europa überfließt, auch diesen stillen Erdwinkel überleimt hat!

DIE STEPPE

Standes du je am Strande,
Wenn Tag und Nacht sich gleichen,
Und sah'st aus Lehm und Sande
Die Regenrinnen schleichen –
Zahllose Schmugglerquellen,
Und dann, so weit das Auge
Nur reicht, des Meeres Wellen
Gefärbt mit gelber Lauge? –

Hier ist die Dün' und drunten
Das Meer; Kanonen gleichend
Stehn Schäferkarrn, die Lunten
Verlöscht am Boden streichend.
Gilt's etwa dem Korsaren
Im flatternden Kaftane,
Den dort ich kann gewahren
Im gelben Ozeane?

Er scheint das Tau zu schlagen,
Sein Schiff verdeckt die Düne,
Doch sieht den Mast man ragen, –
Ein dürrer Fichtenhüne;
Von seines Toppes Kunkel
Die Seile stramm wie Äste,
Der Mastkorb, rauh und dunkel,
Gleicht einem Weihenneste! –

DER HEIDEMANN

»Geht, Kinder, nicht zu weit in's Bruch,
Die Sonne sinkt, schon surrt den Flug
Die Biene matter, schlafgehemmt,
Am Grunde schwimmt ein blasses Tuch,
Der Heidemann kömmt! –«

Die Knaben spielen fort am Raine,
Sie rupfen Gräser, schnellen Steine,
Sie plätschern in des Teiches Rinne,
Erhaschen die Phalän' am Ried,
Und freu'n sich, wenn die Wasserspinne
Langbeinig in die Binsen flieht.

»Ihr Kinder, legt euch nicht in's Gras, –
Seht, wo noch grad' die Biene saß,
Wie weißer Rauch die Glocken füllt.
Scheu aus dem Busche glotzt der Has,
Der Heidemann schwillt! –«

Kaum hebt ihr schweres Haupt die Schmele
Noch aus dem Dunst, in seine Höhle
Schiebt sich der Käfer und am Halme
Die träge Motte höher kreucht,
Sich flüchtend vor dem feuchten Qualme,
Der unter ihre Flügel steigt.

»Ihr Kinder, haltet euch bei Haus,
Lauft ja nicht in das Bruch hinaus;
Seht, wie bereits der Dorn ergraut,
Die Drossel ächzt zum Nest hinaus,
Der Heidemann braut! –«

Man sieht des Hirten Pfeife glimmen,
Und vor ihm her die Herde schwimmen,
Wie Proteus seine Robbenscharen
Heimschwemmt im grauen Ozean.
Am Dach die Schwalben zwitschernd fahren
Und melancholisch kräht der Hahn.

»Ihr Kinder, bleibt am Hofe dicht,
Seht, wie die feuchte Nebelschicht
Schon an des Pförtchens Klinke reicht;
Am Grunde schwimmt ein falsches Licht,
Der Heidemann steigt! –«

Nun strecken nur der Föhren Wipfel
Noch aus dem Dunste grüne Gipfel,
Wie über'n Schnee Wacholderbüsche;
Ein leises Brodeln quillt im Moor,
Ein schwaches Schrillen, ein Gezische
Dringt aus der Niederung hervor.

»Ihr Kinder, kommt, kommt schnell herein,
Das Irrlicht zündet seinen Schein,
Die Kröte schwillt, die Schlang im Ried;
Jetzt ist's unheimlich draußen sein,
Der Heidemann zieht! –«

Nun sinkt die letzte Nadel, rauchend
Zergeht die Fichte, langsam tauchend
Steigt Nebelschemen aus dem Moore,
Mit Hünenschritten gleitet's fort;
Ein irres Leuchten zuckt im Rohre,
Der Krötenchor beginnt am Bord.

Und plötzlich scheint ein schwaches Glühen
Des Hünen Glieder zu durchziehen;
Es siedet auf, es färbt die Wellen,
Der Nord, der Nord entzündet sich –
Glutpfeile, Feuerspeere schnellen,
Der Horizont ein Lavastrich!

»Gott gnad' uns! wie es zuckt und dräut,
Wie's schwelet an der Dünenscheid'! –
Ihr Kinder, faltet eure Händ',
Das bringt uns Pest und teure Zeit –
Der Heidemann brennt! –«

DER KNABE IM MOOR

O schaurig ist's über's Moor zu gehn,
Wenn es wimmelt vom Heiderauche,
Sich wie Phantome die Dünste drehn
Und die Ranke häkelt am Strauche,
Unter jedem Tritte ein Quellchen springt,
Wenn aus der Spalte es zischt und singt,
O schaurig ist's über's Moor zu gehn,
Wenn das Röhricht knistert im Hauche!

Fest hält die Fibel das zitternde Kind
Und rennt als ob man es jage;
Hohl über die Fläche sauset der Wind –
Was raschelt drüben am Hage?
Das ist der gespenstige Gräberknecht,
Der dem Meister die besten Torfe verzecht;
Hu, hu, es bricht wie ein irres Rind!
Hinducket das Knäblein zage.

Vom Ufer starret Gestumpf hervor,
Unheimlich nicket die Föhre,
Der Knabe rennt, gespannt das Ohr,
Durch Riesenhalme wie Speere;
Und wie es rieselt und knittert darin!
Das ist die unselige Spinnerin,
Das ist die gebannte Spinnlenor',
Die den Haspel dreht im Geröhre!

Voran, voran, nur immer im Lauf,
Voran als woll' es ihn holen;

Vor seinem Fuße brodelt es auf,
Es pfeift ihm unter den Sohlen
Wie eine gespenstige Melodei;
Das ist der Geigemann ungetreu,
Das ist der diebische Fiedler Knauf,
Der den Hochzeitheller gestohlen!

Da birst das Moor, ein Seufzer geht
Hervor aus der klaffenden Höhle;
Weh, weh, da ruft die verdammte Margreth:
»Ho, ho, meine arme Seele!«
Der Knabe springt wie ein wundes Reh,
Wär' nicht Schutzengel in seiner Näh',
Seine bleichenden Knöchelchen fände spät
Ein Gräber im Moorgeschwele.

Da mählich gründet der Boden sich,
Und drüben, neben der Weide,
Die Lampe flimmert so heimatlich,
Der Knabe steht an der Scheide.
Tief atmet er auf, zum Moor zurück
Noch immer wirft er den scheuen Blick:
Ja, im Geröhre war's fürchterlich,
O schaurig wars in der Heide!

DAS HIRTENFEUER

Dunkel, Dunkel im Moor,
Über der Heide Nacht,
Nur das rieselnde Rohr
Neben der Mühle wacht,

Und an des Rades Speichen
Schwellende Tropfen schleichen.

Unke kauert im Sumpf,
Igel im Grase duckt,
In dem modernden Stumpf
Schlafend die Kröte zuckt,
Und am sandigen Hange
Rollt sich fester die Schlange.

Was glimmt dort hinterm Ginster,
Und bildet lichte Scheiben?
Nun wirft es Funkenflinster,
Die löschend niederstäuben;
Nun wieder alles dunkel –
Ich hör des Stahles Picken,
Ein Knistern, ein Gefunkel –
Und auf die Flammen zücken.

Und Hirtenbuben hocken
Im Kreis' umher, sie strecken
Die Hände, Torfes Brocken
Seh ich die Lohe lecken;
Da bricht ein starker Knabe
Aus des Gestrippes Windel,
Und schleifet nach im Trabe
Ein wüst Wacholderbündel.

Er läßt's am Feuer kippen –
Hei, wie die Buben johlen,
Und mit den Fingern schnippen
Die Funken-Girandolen!

Wie ihre Zipfelmützen
Am Ohre lustig flattern,
Und wie die Nadeln spritzen,
Und wie die Äste knattern!

Die Flamme sinkt, sie hocken
Auf's Neu' umher im Kreise,
Und wieder fliegen Brocken,
Und wieder schwelt es leise;
Glührote Lichter streichen
An Haarbusch und Gesichte,
Und schier Dämonen gleichen
Die kleinen Heidewichte.

Der da, der Unbeschuh'te,
Was streckt er in das Dunkel
Den Arm wie eine Rute,
Im Kreise welch' Gemunkel?
Sie spähn wie junge Geier
Von ihrer Ginsterhütte:
Ha, noch ein Hirtenfeuer,
Recht an des Dammes Mitte!

Man sieht es eben steigen,
Und seine Schimmer breiten,
Den wirren Funkenreigen
Übern Wachholder gleiten;
Die Buben flüstern leise,
Sie räuspern ihre Kehlen,
Und alte Heideweise
Verzittert durch die Schmehlen.

»Helo, heloe!
Heloe, loe!
Komm du auf unsre Heide,
Wo ich meine Schäflein weide,
Komm, o komm in unser Bruch,
Da gibt's der Blümelein genug! –
Helo, heloe!«

Die Knaben schweigen, lauschen nach dem Tann,
Und leise durch den Ginster zieht's heran:

Gegenstrophe

»Helo, heloe!
Ich sitze auf dem Walle,
Meine Schäflein schlafen alle,
Komm, o komm in unsern Kamp,
Da wächst das Gras wie Brahm so lang! –
Helo, heloe!
Heloe, loe!«

DER WEIHER

Er liegt so still im Morgenlicht,
So friedlich, wie ein fromm Gewissen;
Wenn Weste seinen Spiegel küssen,
Des Ufers Blume fühlt es nicht;
Libellen zittern über ihn,
Blaugoldne Stäbchen und Karmin,
Und auf des Sonnenbildes Glanz
Die Wasserspinne führt den Tanz;

Schwertlilienkranz am Ufer steht
Und horcht des Schilfes Schlummerliede;
Ein lindes Säuseln kommt und geht,
Als flüstr' es: Friede! Friede! Friede! –

Das Schilf

Stille, er schläft, stille! stille!
Libelle, reg' die Schwingen sacht,
Daß nicht das Goldgewebe schrille,
Und, Ufergrün, halt gute Wacht,
Kein Kieselchen laß niederfallen.
Er schläft auf seinem Wolkenflaum,
Und über ihn läßt säuselnd wallen
Das Laubgewölb der alte Baum;
Hoch oben, wo die Sonne glüht,
Wieget der Vogel seine Flügel,
Und wie ein schlüpfend Fischlein zieht
Sein Schatten durch des Teiches Spiegel.
Stille, stille! er hat sich geregt,
Ein fallend Reis hat ihn bewegt,
Das grad zum Nest der Hänfling trug;
Su, Su! breit', Ast, dein grünes Tuch –
Su, Su! nun schläft er fest genug.

Die Linde

Ich breite über ihn mein Blätterdach
So weit ich es vom Ufer strecken mag.
Schau her, wie langaus meine Arme reichen,

Ihm mit den Fächern das Gewürm zu scheuchen,
Das hundertfarbig zittert in der Luft.
Ich hauch' ihm meines Odems besten Duft,
Und auf sein Lager laß ich niederfallen
Die Lieblichste von meinen Blüten allen;
Und eine Bank lehnt sich an meinen Stamm,
Da schaut ein Dichter von dem Uferdamm,
Den hör' ich flüstern wunderliche Weise,
Von mir und dir und der Libell' so leise,
Daß er den frommen Schläfer nicht geweckt;
Sonst wahrlich hätt' die Raupe ihn erschreckt,
Die ich geschleudert aus dem Blätterhag.
Wie grell die Sonne blitzt; schwül wird der Tag.
O könnt' ich! könnt' ich meine Wurzeln strecken
Recht mitten in das tief kristall'ne Becken,
Den Fäden gleich, die, grünlicher Asbest,
Schaun so behaglich aus dem Wassernest,
Wie mir zum Hohne, der im Sonnenbrande
Hier einsam niederlechzt vom Uferrande.

Die Wasserfäden

Neid' uns! neid' uns! laß die Zweige hangen,
Nicht weil flüssigen Kristall wir trinken,
Neben uns des Himmels Sterne blinken,
Sonne sich in unserm Netz gefangen –
Nein, des Teiches Blutsverwandte, fest
Hält er all uns an die Brust gepreßt,
Und wir bohren uns're feinen Ranken
In das Herz ihm, wie ein liebend Weib,
Dringen Adern gleich durch seinen Leib,

Dämmern auf wie seines Traums Gedanken;
Wer uns kennt, der nennt uns lieb und treu,
Und die Schmerle birgt in uns'rer Hut
Und die Karpfenmutter ihre Brut;
Welle mag in unserm Schleier kosen;
Uns nur traut die holde Wasserfei,
Sie, die Schöne, lieblicher als Rosen.
Schleuß, Trifolium, die Glocken auf,
Kurz dein Tag, doch königlich sein Lauf!

Kinder am Ufer

O sieh doch! siehst du nicht die Blumenwolke
Da drüben in dem tiefsten Weiherkolke?
O! das ist schön! hätt' ich nur einen Stecken,
Schmalzweiße Kelch' mit dunkelroten Flecken,
Und jede Glocke ist frisiert so fein
Wie unser wächsern Engelchen im Schrein.
Was meinst du, schneid' ich einen Haselstab,
Und wat' ein wenig in die Furt hinab?
Pah! Frösch' und Hechte können mich nicht schrecken. –
Allein, ob nicht vielleicht der Wassermann
Dort in den langen Kräutern hocken kann?
Ich geh, ich gehe schon – ich gehe nicht –
Mich dünkt, ich sah am Grunde ein Gesicht –
Komm laß uns lieber heim, die Sonne sticht!

DER HÜNENSTEIN

Zur Zeit der Scheide zwischen Nacht und Tag,
Als wie ein siecher Greis die Heide lag
Und ihr Gestöhn des Mooses Teppich regte,
Krankhafte Funken im verwirrten Haar
Elektrisch blitzten, und, ein dunkler Mahr,
Sich über sie die Wolkenschichte legte;

Zu dieser Dämmerstunde war's, als ich
Einsam hinaus mit meinen Sorgen schlich,
Und wenig dachte, was es draußen treibe.
Nachdenklich schritt ich, und bemerkte nicht
Des Krautes Wallen und des Wurmes Licht,
Ich sah auch nicht, als stieg die Mondesscheibe.

Grad war der Weg, ganz sonder Steg und Bruch;
So träumt ich fort und, wie ein schlechtes Buch,
Ein Pfennigs-Magazin uns auf der Reise
Von Station zu Stationen plagt,
Hab' zehnmal Weggeworf'nes ich benagt,
Und fortgeleiert überdrüß'ge Weise.

Entwürfe wurden aus Entwürfen reif,
Doch, wie die Schlange packt den eignen Schweif,
Fand ich mich immer auf derselben Stelle;
Da plötzlich fuhr ein plumper Schröter jach
An's Auge mir, ich schreckte auf und lag
Am Grund, um mich des Heidekrautes Welle.

Seltsames Lager, das ich mir erkor!
Zur Rechten, Linken schwoll Gestein empor,
Gewalt'ge Blöcke, rohe Porphyrbrode;
Mir überm Haupte reckte sich der Bau,
Langhaar'ge Flechten rührten meine Brau,
Und mir zu Füßen schwankt' die Ginsterlode.

Ich wußte gleich, es war ein Hünengrab,
Und fester drückt' ich meine Stirn hinab,
Wollüstig saugend an des Grauens Süße,
Bis es mit eis'gen Krallen mich gepackt,
Bis wie ein Gletscher-Bronn des Blutes Takt
Aufquoll und hämmert' unterm Mantelvliese.

Die Decke über mir, gesunken, schief,
An der so blaß gehärmt das Mondlicht schlief,
Wie eine Witwe an des Gatten Grabe;
Vom Hirtenfeuer Kohlenscheite sahn
So leichenbrandig durch den Thymian,
Daß ich sie abwärts schnellte mit dem Stabe.

Husch fuhr ein Kiebitz schreiend aus dem Moos;
Ich lachte auf; doch trug wie bügellos
Mich Phantasie weit über Spalt und Barren.
Dem Wind hab' ich gelauscht so scharf gespannt,
Als bring er Kunde aus dem Geisterland,
Und immer mußt ich an die Decke starren.

Ha! welche Sehnen wälzten diesen Stein?
Wer senkte diese wüsten Blöcke ein,
Als durch das Heid die Totenklage schallte?
Wer war die Drude, die im Abendstrahl

Mit Run' und Spruch umwandelte das Tal,
Indes ihr gold'nes Haar im Winde wallte?

Dort ist der Osten, dort, drei Schuh im Grund,
Dort steht die Urne und in ihrem Rund
Ein wildes Herz zerstäubt zu Aschenflocken;
Hier lagert sich der Traum vom Opferhain,
Und finster schütteln über diesen Stein
Die grimmen Götter ihre Wolkenlocken.

Wie, sprach ich Zauberformel? Dort am Damm –
Es steigt, es breitet sich wie Wellenkamm,
Ein Riesenleib, gewalt'ger, höher immer;
Nun greift es aus mit langgedehntem Schritt –
Schau, wie es durch der Eiche Wipfel glitt,
Durch seine Glieder zittern Mondenschimmer.

Komm her, komm nieder – um ist deine Zeit!
Ich harre dein, im heil'gen Bad geweiht;
Noch ist der Kirchenduft in meinem Kleide! –
Da fährt es auf, da ballt es sich ergrimmt,
Und langsam, eine dunkle Wolke, schwimmt
Es über meinem Haupt entlang die Heide.

Ein Ruf, ein hüpfend Licht – es schwankt herbei –
Und – »Herr, es regnet« – sagt mein Lakai,
Der ruhig über's Haupt den Schirm mir streckte.
Noch einmal sah ich zum Gestein hinab:
Ach Gott, es war doch nur ein rohes Grab,
Das armen ausgedorrten Staub bedeckte! –

SEIN BLUT UND MEINE BRENNENDE LIEB

MEINE STRÄUSSE

So oft mir ward eine liebe Stund'
Unterm blauen Himmel im Freien,
Da habe ich, zu des Gedenkens Bund,
Mir Zeichen geflochten mit Treuen,
Einen schlichten Kranz, einen wilden Strauß,
Ließ drüber die Seele wallen;
Nun stehe ich einsam im stillen Haus,
Und sehe die Blätter zerfallen.

Vergißmeinnicht mit dem Rosaband –
Das waren dämmrige Tage,
Als euch entwandte der Freundin Hand
Dem Weiher drüben am Hage;
Wir schwärmten in wirrer Gefühle Flut,
In sechzehnjährigen Schmerzen;
Nun schläft sie lange. – Sie war doch gut,
Ich liebte sie recht von Herzen!

Gar weite Wege hast du gemacht,
Camelia, staubige Schöne,
In deinem Kelche die Flöte wacht,
Trompeten und Zimbelgetöne;
Wie zitterten durch das grüne Revier
Buntfarbige Lampen und Schleier!
Da brach der zierliche Gärtner mir
Den Strauß beim bengalischen Feuer.

Dies Alpenröschen nährte mit Schnee
Ein eisgrau starrender Riese;

Und diese Tange entfischt' ich der See
Aus Muschelgescherbe und Kiese;
Es war ein volles, gesegnetes Jahr,
Die Trauben hingen gleich Pfunden,
Als aus der Rebe flatterndem Haar
Ich diesen Kranz mir gewunden.

Und ihr, meine Sträuße von wildem Heid',
Mit lockerm Halme geschlungen,
O süße Sonne, o Einsamkeit,
Die uns redet mit heimischen Zungen!
Ich hab' sie gepflückt an Tagen so lind,
Wenn die goldenen Käferchen spielen,
Dann fühlte ich mich meines Landes Kind,
Und die fremden Schlacken zerfielen.

Und wenn ich grüble an meinem Teich,
Im duftigen Moose gestrecket,
Wenn aus dem Spiegel mein Antlitz bleich
Mit rieselndem Schauer mich necket,
Dann lang' ich sachte, sachte hinab,
Und fische die träufelnden Schmelen;
Dort hängen sie, drüben am Fensterstab,
Wie arme vertrocknete Seelen.

So mochte ich still und heimlich mir
Eine Zauberhalle bereiten,
Wenn es dämmert dort, und drüben, und hier,
Von den Wänden seh ich es gleiten;
Eine Fei entschleicht der Camelia sich,
Liebesseufzer stöhnet die Rose,
Und wie Blutes Adern umschlingen mich
Meine Wasserfäden und Moose.

KATHARINE SCHÜCKING

Du hast es nie geahndet, nie gewußt,
Wie groß mein Lieben ist zu dir gewesen,
Nie hat dein klares Aug' in meiner Brust
Die scheu verhüllte Runenschrift gelesen,
Wenn du mir freundlich reichtest deine Hand,
Und wir zusammen durch die Grüne wallten,
Nicht wußtest du, daß wie ein Götterpfand
Ich, wie ein köstlich Kleinod sie gehalten.

Du sahst mich nicht als ich, ein heftig Kind,
Vom ersten Kuß der jungen Muse trunken,
Im Garten kniete, wo die Quelle rinnt,
Und weinend in die Gräser bin gesunken;
Als zitternd ich gedreht der Türe Schloß,
Da ich zum ersten Mal dich sollte schauen,
Westphalens Dichterin, und wie da floß
Durch mein bewegtes Herz ein selig Grauen.

Sehr jung war ich und sehr an Liebe reich,
Begeisterung der Hauch von dem ich lebte;
Ach! Manches ist zerstäubt, der Asche gleich,
Was einst als Flamme durch die Adern bebte!
Mein Blick ward klar und mein Erkennen stark,
Von seinem Throne mußte Manches steigen,
Und was ich einst genannt des Lebens Mark,
Das fühlt' ich jetzt mit frischem Stolz mein eigen.

So scheut' ich es, als fromme Schülerin,
Dir wieder in das dunkle Aug' zu sehen,

Ich wollte nicht vor meiner Meisterin
Hochmütig, mit bedecktem Haupte, stehen.
Auch war ich krank, mein Sinnen sehr verwirrt,
Und keinen Namen mocht' ich sehnend nennen;
Doch hat dies deine Liebe nicht geirrt,
Du drangst zu mir nach langer Jahre Trennen.

DIE TAXUSWAND

Ich stehe gern vor dir,
Du Fläche schwarz und rauh,
Du schartiges Visier
Vor meines Liebsten Brau',
Gern mag ich vor dir stehen,
Wie vor grundiertem Tuch,
Und drüber gleiten sehen
Den bleichen Krönungszug;

Als mein die Krone hier,
Von Händen, die nun kalt;
Als man gesungen mir
In Weisen, die nun alt;
Vorhang am Heiligtume,
Mein Paradiesestor,
Dahinter alles Blume,
Und alles Dorn davor.

Denn jenseits weiß ich sie,
Die grüne Gartenbank,
Wo ich das Leben früh
Mit glühen Lippen trank,

Als mich mein Haar umwallte
Noch golden wie ein Strahl,
Als noch mein Ruf erschallte,
Ein Hornstoß, durch das Tal.

Das zarte Efeureis,
So Liebe pflegte dort,
Sechs Schritte – und ich weiß,
Ich weiß dann, daß es fort.
So will ich immer schleichen
Nur an dein dunkles Tuch
Und achtzehn Jahre streichen
Aus meinem Lebensbuch.

Du starrtest damals schon
So düster treu wie heut.
Du, unsrer Liebe Thron
Und Wächter manche Zeit;
Man sagt, daß Schlaf, ein schlimmer,
Dir aus den Nadeln raucht –
Ach, wacher war ich nimmer,
Als rings von dir umhaucht!

Nun aber bin ich matt
Und möcht' an deinem Saum
Vergleiten, wie ein Blatt,
Geweht vom nächsten Baum;
Du lockst mich wie ein Hafen,
Wo alle Stürme stumm:
O, schlafen möcht' ich, schlafen,
Bis meine Zeit herum!

AN ELISE
Am 19. November 1843

Du weißt es lange wohl wie wert du mir,
Was sollt' ich es nicht froh und offen tragen
Ein Lieben, das so frischer Ranken Zier
Um meinen kranken Lebensbaum geschlagen?
Und manchen Abend hab' ich nachgedacht,
In leiser Stunde träumerischem Sinnen,
Wie deinen Morgen, meine nahnde Nacht
Das Schicksal ließ aus Einer Urne rinnen.

Zu alt zur Zwillingsschwester, möchte ich
Mein Töchterchen dich nennen, meinen Sprossen,
Mir ist, als ob mein fliehend Leben sich,
Mein rinnend Blut in deine Brust ergossen.
Wo flammt im Herzen mir ein Opferherd,
Daß nicht der deine loderte daneben,
Von gleichen Landes lieber Luft genährt,
Von gleicher Freunde frommen Kreis umgeben?

Und heut', am Sankt Elisabethentag,
Vereinend uns mit gleichen Namens Banden,
Schlug ich bedächtig im Kalender nach,
Welch' Heilige am Taufborn uns gestanden;
Da fand ich eine königliche Frau,
Die ihre milde Segenshand gebreitet,
Und eine Patriarchin, ernst und grau,
Nur wert um Den, des Wege sie bereitet.

Fast war es mir, als ob dies Doppelbild
Mit strengem Mahnen strebe uns zu trennen,
Als wollt' es dir die Fürstin zart und mild,
Mir nur die ernste Hüterin vergönnen;
Doch – lächle nicht – ich hab' mich abgekehrt,
Bin fast verschämt zur Seite dir getreten;
Nun wähle, Lieb, und die du dir beschert,
Zu der will ich als meiner Heilgen beten.

AN ELISE

Zum Geburtstag am 7. März 1845

Das war gewiß ein andrer März,
Ein Mond, den Blütenkränz umhegten,
Als Engel dich, geliebtes Herz,
In deine erste Wiege legten?
Das war gewiß ein Tag so frei,
So frisch vom Sonnenstrahl umglommen!
Doch auch im Wintermantel sei
Er wie der schönste mir willkommen.

Mir ward ein schlimmer Mond zu teil,
Um den kein Vogel je gesungen,
Nur Eises Zapfen, blank und steil,
Das kalte Diadem geschlungen;
Ach anders wirken Schnee und Eis
Und anders wohl der Sonnen Güte!
Ich steh', ein düstres Tannenreis
Du eine zarte Veilchenblüte.

Doch fest zusammen, fest im Raum,
Gehalten in des Winters Stürmen,
Du schmücke mich zum Weihnachtsbaum
Und ich will deine Blüte schirmen.
Dann muß uns, willig oder nicht,
Das Leben reiche Gaben zählen,
Und niemals wird das Himmelslicht,
Der Poesie Beleuchtung fehlen.

AN ELISE RÜDIGER IN MÜNSTER
⟨Meersburg, 22. November 1843, Mittwoch⟩

Meersburg den 18ten NOVEM 43

Sie sind jetzt wohl ganz gewiß wieder in Münster, lieb Herzchen, und so gehe ich denn an meine liebste Beschäftigung, die Ihnen zu schreiben. – Ich bin indessen noch keinen Tag von Ihnen getrennt gewesen, alle Nachmittage um drey (außer vorgestern wo es hart regnete) habe ich an unserem Strande gesessen, der mir durch Sie so lieb geworden ist, daß keine andere Erinnerung neben Ihrem lieben Gesichtchen dort ein Haarbreit Raum findet. – Es hat mich ein paarmahl selbst überrascht, wenn beym zufälligen Zurückblicken mir Einer meiner alten Lieblingsplätze ins Auge fiel, wo ich so alle Tage dran her trotte, als wärens Laternenpfähle oder Rebstöcke, O VANITAS VANITATUM! – Ich habe auf unserm Kiesgrund noch schöne schöne Dinge gesehn, und das Herz hat mir ordentlich geblutet daß Sie nicht da waren, – zweymahl ein Alpenglühen, wogegen das frühere gar nicht in Betracht kam, die ganze Alpenkette wie rothes Eisen, und sonst noch prächtige mir ganz fremde Beleuchtungen, Z. B. einmahl die Kuppen der Berge ganz dunkelviolett, der Fuß ebenfalls, und um die Mitte ein breiter Wolkengürtel, in dem das Abendroth den brennendsten Purpur wiederstrahlte, und der wie ein Lavastrom in allen Tinten wallte, es war unbeschreiblich schön und fremdartig! – auch der See hat noch ein paarmahl sein Bestes gethan an Grüne und Schmelz, und einen Sturm habe ich erlebt, o einen Grospapa aller Stürme! und habe Gott gedankt daß ich ihn allein überstehn mußte, – es war in der zweyten Woche nach Ihrer Abreise, ich hatte einen langen Spatziergang, weit über Haltenau hinaus, gemacht, und mich eben zum Rückwege gewendet, als ein wahres Teufelswetter losbrach, – ohne Regen nur Sturm, aber um Berge zu versetzen, – bey jedem Ruck faßte er mein dickes wattirtes Kleid, und wollte mich über die Mauer reißen, so daß ich gleich bergan in die Reben flüchten mußte, wo ich mich kümmerlich an den Pfählen fortlawirte bis Haltenau, und dort wie ein verunglückter Luftballon ins Haus mehr plumpste als flatterte, nämlich mit halbem Ueberstürzen, was sich wahrscheinlich eher mitleidswerth als graziös mag ausgenommen haben, die dicke Rebfrau konnte auch mit ihrem »b'hütis Gott! b'hütis Gott!« gar nicht aufhören, und meinte, sie würde jetzt »um fünf Gulden nicht über die Mauer nach Meersburg gehn« – was half das Alles! ich mußte doch nach Hause, obwohl das Wüthen draußen mit jeder Minute ärger wurde, – so gieng ich wieder los, und versuchte als letzten Ausweg mich gleich den Berg hinauf zu arbeiten, wo ich, schlimmsten Falls, doch nur bis in die nächsten Rebpfähle geschleudert werden konnte, – freylich, wenns mit VEHEMENCE geschah, immer gefährlich genug, und zudem hätte ich, wie sie wissen, Klippenwände passiren müssen, – vielleicht wars gut daß der Versuch mislang, – es war keine Möglichkeit, bey jedem Schritt höher konnte mich der Wind derber packen, ich mußte mehr kriechen als gehn, und bey jedem Ruck niederhocken, um nicht weggerissen zu werden, – also wieder bergab! – doch blieb ich zwischen den Reben, etwa dreißig Fuß über dem Mauerwege, – es war eine gräuliche Arbeit, – ich habe über eine Stunde gebraucht, – die meiste Zeit saß ich in einem Klümpchen dicht zusammen, und wartete die Pausen der Stöße ab, um dann zehn oder zwölf Schritte voran zu arbeiten. – was wir zusammen erlebt haben kann Ihnen nicht mahl einen schwachen Begriff davon geben, – aber der See war unbeschreiblich schön, so durchsichtig und in allen Farben wechselnd, wie ich davon vorher keinen Begriff gehabt, – die Sonne warf durch Wolkenlücken ein prächtiges falsches Licht darauf, und ich wurde fast geblendet durch das Blitzen der Springwellen, die unter mir wie eine endlose Reihe FONTAINEN aufstiegen, und zwar nicht wie wir es kennen nur diesseits der Mauer, sondern wenigstens vierzig Fuß höher, weit über mir und meinen Rebstöcken, niederplatschten, so daß ich nach ein paar Minuten keinen trocknen Faden mehr am Leibe, und mein Rock sich in einen gefüllten Schwamm verwandelt hatte, der mich niederzog wie Bley. – Ich kann Ihnen sagen, Elise, daß ich froh war, als ich das Thor über mir und meine bedenkliche Fahrt sich in eine klatrige durch die Unterstadt verwandelt hatte. – noch einmahl hatte ich einen schweren Stand, die Stiegen hinauf, wo der Wind wieder alle Macht hatte, und besonders auf der langen schmalen Brücke über den Mühlrädern, wo ich einmahl keinen andern Rath wuste als mich platt hinzuwerfen, und doch wohl herab geweht wäre, wenn nicht der Müller, der auch grad genöthigt war die Brücke zu passiren, mich am Boden festgehalten und dann auch die letzte Stiege hinauf geleitet hätte; Als ich ins Schloß kam, schnatternd, und einen nassen Streifen hinter mir lassend wie ein geschwemmter Hund, ward ich auch empfangen wie ein armer Hund, – es mislang mir in mein Zimmer zu schlüpfen, Laßberg stand zufällig im oberen Flur, und erhob ein solches Geschrey, »Um Gotteswillen! wo kommen Sie her! was haben Sie gemacht! was denken Sie auch!« daß ich gleich auf eine sehr unerwünschte Weise EN FAMILLE gerieth, – Mama war anfangs wirklich böse, glaubte mir aber doch sogleich, daß ich bey ganz leidlichem spatzierfähigem Wetter ausgegangen sey, – Laßbergen konnte ich mich nicht begreiflich machen, er war tauber wie gewöhnlich, und ich habe ihn mitten in seinen EXCLAMATIONEN über meine Unvernunft müssen stehn lassen, denn mich fror erbärmlich – Jenny sagte nichts, aber sie bestellte sogleich einen heißen Krug und Thee, nahm mich dann beym Arm, und brachte mich in meinem Zimmer zu Bette, – meinen dicken Rock habe ich acht Tage lang nicht anziehn können, so lange hat er auf dem Boden trocknen müssen. – Da mir das Abentheuer nicht geschadet hat, ists mir doch lieb den See einmahl in seiner tollsten Laune gesehn zu haben, um so mehr da es nur für einmahl im Leben ist, denn ein anderes Mahl werde ich mich hüten! – ich mag die Lachsforellen und Gangfische viel lieber essen als von ihnen gegessen werden, und es würde mir sogar nur wenig Trost bringen, wenn statt ihrer meine Lieblinge die Möwen mich aufpickten. – Am nächsten Tage hörten wir von vielem Unglücke am See, – einem untergegangenem Schiffe, und einigen einzeln Verunglückten. – und mit dieser Trübsal muß ich für heute schließen, denn es schlägt eben Acht, gute Nacht, lieb Herz, bis morgen, ich wollte Sie träumten von mir.

AN DIE UNGETREUE

Du siehst mich flehend an mit dunkeln Augen
Sei nicht so furchtsam sieh ich habe dir
Schon längst der Liebe schönen Traum verziehen
Du konntest nicht der süßen Schuld entfliehen
Dies fühl ich darum nah vertrauend mir

Wie sollt ich rügen deines Herzens Schwäche
Sie goß der Götter Glück in meine Brust
Wenn aufgelöst in glühendem Umfangen
An meinen Wink du hingst mit Glutverlangen
Der eignen Macht dir völlig unbewußt

O wähne nicht daß ich mit Undank hasse
Was mir so manche süße Stunde gab
Den Menschen treibt ein ewiges Verlangen
Und du du solltest nur an einem hangen
Nicht neue Wünsche hegen bis ins Grab

Wir folgten unsres Herzens lauter Stimme
Und eins in Liebe wurden du und ich
Wer kann die süßen Fesseln ewig wähnen
Es gibt auf Erden ach zu viel des Schönen
Zu manches holde Bild naht liebend sich

Drum nimm die willig dargebotne Rechte
Es trübt mir, sieh, kein kindscher Groll den Blick
Doch siehst du einst besiegt selbst im Besiegen
Auch mich der fremden Schönheit Macht erliegen
So denk an diesen Augenblick zurück

DER TRAUM

An Amalie H.

Jüngst hab' ich dich gesehn im Traum,
So lieblich saßest du behütet,
In einer Laube grünem Raum,
Von duftendem Jasmin umblütet,
Durch Zweige fiel das goldne Licht,
Aus Vogelkehlen ward gesungen,
Du saßest da, wie ein Gedicht
Von einem Blumenkranz umschlungen.

Und deine liebe Rechte trug
Das Antlitz mit so edlen Sitten,
Im Sand das aufgeschlagne Buch
Schien von dem Schoße dir geglitten;
Dich lehnend an den frischen Hag
Hauchtest du flüsternd leise Küsse,
Im Auge eine Träne lag
Wie Tau im Kelche der Narzisse.

Dich anzuschaun war meine Lust,
Zu lauschen deiner Züge Regen,
Und dennoch hätt' ich gern gewußt,
Was dich so innig mocht' bewegen?
Da bogst du sacht hinab den Zweig,
Strichst lächelnd an der Spitzenhaube,
An deine Schulter huscht' ich gleich,
Sah einen Baum in schlichtem Laube:

Und auf dem Baume saß ein Fink,
Der schleppte dürres Moos und Reisig,
»Schau her, schau wieder!« zirpt' er flink
Und förderte am Nestchen fleißig;
Er sah so keck und fröhlich aus,
Als trüg er des Flamingo Kleider,
So sorglich hüpft er um sein Haus,
Als fürcht' er bösen Blick und Neider.

Und wenn ein Reischen er gelegt,
Dann rief er alle Welt zu Zeugen,
Als müsse was der Garten hegt,
Blum' und Gesträuch sich vor ihm neigen;
Um deine Lippe flog ein Zug,
Wie ich ihn oft an ihr gesehen,
Und meinen Namen ließ im Flug
Sie über ihre Spalte gehen.

Schon hob ich meine Hand hinauf
Mit leisem Schlage dich zu strafen,
Allein da wacht ich plötzlich auf
Und bin nicht wieder eingeschlafen;
Nur deiner hab' ich fortgedacht,
Säh dich so gern am grünen Hage,
Mich dünkt, so lieb wie in der Nacht
Sah ich dich noch an keinem Tage.

Im Eise schlummern Blum' und Zweig,
Dezemberwinde schneidend wehen,
Der Garten steht im Wolkenreich,
Wo tausend schönre Gärten stehen;
So golden ist kein Sonnenschein,

Daß er wie der erträumte blinke;
Doch du, bist du nicht wirklich mein?
Und bin ich nicht dein dummer Finke?

BRENNENDE LIEBE

Und willst du wissen, warum
So sinnend ich manche Zeit,
Mitunter so töricht und dumm,
So unverzeihlich zerstreut,
Willst wissen auch ohne Gnade,
Was denn so Liebes enthält
Die heimlich verschlossene Lade,
An die ich mich öfters gestellt?

Zwei Augen hab' ich gesehn,
Wie der Strahl im Gewässer sich bricht,
Und wo zwei Augen nur stehn,
Da denke ich an ihr Licht.
Ja, als du neulich entwandtest
Die Blume vom blühenden Rain,
Und »Oculus Christi« sie nanntest,
Da fielen die Augen mir ein.

Auch gibt's einer Stimme Ton,
Tief, zitternd, wie Hornes Hall,
Die tut's mir völlig zum Hohn,
Sie folget mir überall.
Als jüngst im flimmernden Saale
Mich quälte der Geigen Gegell,
Da hört ich mit einem Male
Die Stimme im Violoncell.

Auch weiß ich eine Gestalt,
So leicht und kräftig zugleich,
Die schreitet vor mir im Wald,
Und gleitet über den Teich;
Ja, als ich eben in Sinnen
Sah über des Mondes Aug'
Einen Wolkenstreifen zerrinnen,
Das war ihre Form, wie ein Rauch.

Und höre, höre zuletzt,
Dort liegt, da drinnen im Schrein,
Ein Tuch mit Blute genetzt,
Das legte ich heimlich hinein.
Er ritzte sich nur an der Schneide,
Als Beeren vom Strauch er mir hieb,
Nun hab' ich sie alle Beide,
Sein Blut und meine brennende Lieb'.

AN LEVIN SCHÜCKING

O frage nicht was mich so tief bewegt;
Seh ich dein junges Blut so freudig wallen,
Warum, an deine klare Stirn gelegt,
Mir schwere Tropfen aus den Wimpern fallen.

Mich träumte einst, ich sei ein albern Kind,
Sich emsig mühend an des Tisches Borden;
Wie übermächtig die Vokabeln sind,
Die wieder Hieroglyphen mir geworden!

Und als ich dann erwacht, da weint' ich heiß,
Daß mir so klar und nüchtern jetzt zu Mute,
Daß ich so schrankenlos und überweis',
So ohne Furcht vor Schelten und vor Rute.

So, wenn ich schaue in dein Antlitz mild,
Wo tausend frische Lebenskeime walten,
Da ist es mir, als ob Natur mein Bild
Mir aus dem Zauberspiegel vorgehalten;

Und all mein Hoffen, meiner Seele Brand,
Und meiner Liebessonne dämmernd Scheinen,
Was noch entschwinden wird und was entschwand,
Das muß ich Alles dann in dir beweinen.

AN LEVIN SCHÜCKING

Kein Wort, und wär' es scharf wie Stahles Klinge,
Soll trennen, was in tausend Fäden Eins,
So mächtig kein Gedanke, daß er dringe
Vergällend in den Becher reinen Weins;
Das Leben ist so kurz, das Glück so selten,
So großes Kleinod, einmal sein statt gelten!

Hat das Geschick uns, wie in frevlem Witze,
Auf feindlich starre Pole gleich erhöht,
So wisse, dort, dort auf der Scheidung Spitze
Herrscht, König über Alle, der Magnet,
Nicht frägt er ob ihn Fels und Strom gefährde,
Ein Strahl fährt mitten er durchs Herz der Erde.

Blick' in mein Auge – ist es nicht das deine,
Ist nicht mein Zürnen selber deinem gleich?
Du lächelst – und dein Lächeln ist das meine,
An gleicher Lust und gleichem Sinnen reich;
Worüber alle Lippen freundlich scherzen,
Wir fühlen heilger es im eignen Herzen.

Pollux und Castor, – wechselnd Glühn und Bleichen,
Des Einen Licht geraubt dem Andern nur,
Und doch der allerfrömmsten Treue Zeichen. –
So reiche mir die Hand, mein Dioskur!
Und mag erneuern sich die holde Mythe,
Wo überm Helm die Zwillingsflamme glühte.

LEBT WOHL

Lebt wohl, es kann nicht anders sein!
Spannt flatternd eure Segel aus,
Laßt mich in meinem Schloß allein,
Im öden geisterhaften Haus.

Lebt wohl und nehmt mein Herz mit euch
Und meinen letzten Sonnenstrahl,
Er scheide, scheide nur sogleich,
Denn scheiden muß er doch einmal.

Laßt mich an meines Seees Bord
Mich schaukelnd mit der Wellen Strich,
Allein mit meinem Zauberwort
Dem Alpengeist und meinem Ich.

Verlassen, aber einsam nicht,
Erschüttert, aber nicht zerdrückt,
So lange noch das heil'ge Licht
Auf mich mit Liebesaugen blickt,

So lange mir der frische Wald
Aus jedem Blatt Gesänge rauscht,
Aus jeder Klippe, jedem Spalt
Befreundet mir der Elfe lauscht,

So lange noch der Arm sich frei
Und waltend mir zum Äther streckt,
Und jedes wilden Geiers Schrei
In mir die wilde Muse weckt.

TEUFELSPAKT

DIE JUDENBUCHE

Das zweite Jahr dieser unglücklichen Ehe ward mit einem Sohne, man kann nicht sagen erfreut, denn Margreth soll sehr geweint haben, als man ihr das Kind reichte. Dennoch, obwohl unter einem Herzen voll Gram getragen, war Friedrich ein gesundes, hübsches Kind, das in der frischen Luft kräftig gedieh. Der Vater hatte ihn sehr lieb, kam nie nach Hause, ohne ihm ein Stückchen Wecken oder dergleichen mitzubringen, und man meinte sogar, er sei seit der Geburt des Knaben ordentlicher geworden; wenigstens ward der Lärmen im Hause geringer.

Friedrich stand in seinem neunten Jahre. Es war um das Fest der heiligen drei Könige, eine harte, stürmische Winternacht. Hermann war zu einer Hochzeit gegangen und hatte sich schon bei Zeiten auf den Weg gemacht, da das Brauthaus Dreiviertelmeilen entfernt lag. Obgleich er versprochen hatte, Abends wiederzukommen, rechnete Frau Mergel doch um so weniger darauf, da sich nach Sonnenuntergang dichtes Schneegestöber eingestellt hatte. Gegen zehn Uhr schürte sie die Asche am Herde zusammen und machte sich zum Schlafengehen bereit. Friedrich stand neben ihr, schon halb entkleidet und horchte auf das Geheul des Windes und das Klappen der Bodenfenster.

»Mutter, kommt der Vater heute nicht?« fragte er. – »Nein, Kind, morgen.« – »Aber warum nicht, Mutter? er hat's doch versprochen.« – »Ach Gott, wenn der Alles hielte, was er verspricht! Mach, mach voran, daß du fertig wirst.«

Sie hatten sich kaum niedergelegt, so erhob sich eine Windsbraut, als ob sie das Haus mitnehmen wollte. Die

Bettstatt bebte und im Schornstein rasselte es wie ein Kobold. – »Mutter – es pocht draußen!« – »Still, Fritzchen, das ist das lockere Brett im Giebel, das der Wind jagt.« – »Nein, Mutter, an der Tür!« – »Sie schließt nicht; die Klinke ist zerbrochen. Gott, schlaf doch! bring mich nicht um das armselige Bißchen Nachtruhe.« – »Aber wenn nun der Vater kommt?« – Die Mutter drehte sich heftig im Bett um. – »Den hält der Teufel fest genug!« – »Wo ist der Teufel, Mutter?« – »Wart du Unrast! er steht vor der Tür und will dich holen, wenn du nicht ruhig bist!«

Friedrich ward still; er horchte noch ein Weilchen und schlief dann ein. Nach einigen Stunden erwachte er. Der Wind hatte sich gewendet und zischte jetzt wie eine Schlange durch die Fensterritze an seinem Ohr. Seine Schulter war erstarrt; er kroch tief unter's Deckbett und lag aus Furcht ganz still. Nach einer Weile bemerkte er, daß die Mutter auch nicht schlief. Er hörte sie weinen und mitunter: »Gegrüßt seist du, Maria!« und: »bitte für uns arme Sünder!« Die Kügelchen des Rosenkranzes glitten an seinem Gesicht hin. – Ein unwillkürlicher Seufzer entfuhr ihm. – »Friedrich, bist du wach?« – »Ja, Mutter.« – »Kind, bete ein wenig – du kannst ja schon das halbe Vaterunser – daß Gott uns bewahre vor Wasser- und Feuersnot.«

Friedrich dachte an den Teufel, wie der wohl aussehen möge. Das mannigfache Geräusch und Getöse im Hause kam ihm wunderlich vor. Er meinte, es müsse etwas Lebendiges drinnen sein und draußen auch. »Hör', Mutter, gewiß, da sind Leute, die pochen.« – »Ach nein, Kind; aber es ist kein altes Brett im Hause, das nicht klappert.« – »Hör'! hörst du nicht? es ruft! hör' doch!«

Die Mutter richtete sich auf; das Toben des Sturms ließ einen Augenblick nach. Man hörte deutlich an den Fensterladen pochen und mehrere Stimmen: »Margreth! Frau Margreth, heda, aufgemacht!« – Margreth stieß einen heftigen Laut aus: »Da bringen sie mir das Schwein wieder!«

Der Rosenkranz flog klappernd auf den Brettstuhl, die Kleider wurden herbeigerissen. Sie fuhr zum Herde und bald darauf hörte Friedrich sie mit trotzigen Schritten über die Tenne gehen. Margreth kam gar nicht wieder; aber in der Küche war viel Gemurmel und fremde Stimmen. Zweimal kam ein fremder Mann in die Kammer und schien ängstlich etwas zu suchen. Mit einemmale ward eine Lampe hereingebracht. Zwei Männer führten die Mutter. Sie war weiß wie Kreide und hatte die Augen geschlossen. Friedrich meinte, sie sei tot; er erhob ein fürchterliches Geschrei, worauf ihm Jemand eine Ohrfeige gab, was ihn zur Ruhe brachte, und nun begriff er nach und nach aus den Reden der Umstehenden, daß der Vater vom Ohm Franz Semmler und dem Hülsmeyer tot im Holze gefunden sei und jetzt in der Küche liege.

Sobald Margreth wieder zur Besinnung kam, suchte sie die fremden Leute los zu werden. Der Bruder blieb bei ihr und Friedrich, dem bei strenger Strafe im Bett zu bleiben geboten war, hörte die ganze Nacht hindurch das Feuer in der Küche knistern und ein Geräusch wie von Hin- und Herrutschen und Bürsten. Gesprochen ward wenig und leise, aber zuweilen drangen Seufzer herüber, die dem Knaben, so jung er war, durch Mark und Bein gingen. Einmal verstand er, daß der Oheim sagte: »Margreth, zieh dir das nicht zu Gemüt; wir wollen Jeder drei Messen lesen lassen, und um Ostern gehen wir zusammen eine Bittfahrt zur Muttergottes von Werl.«

Als nach zwei Tagen die Leiche fortgetragen wurde, saß Margreth am Herde, das Gesicht mit der Schürze verhüllend. Nach einigen Minuten, als alles still geworden war, sagte sie in sich hinein: »Zehn Jahre, zehn Kreuze. Wir haben sie doch zusammen getragen, und jetzt bin ich allein!« dann lauter: »Fritzchen, komm her!« – Friedrich kam scheu heran; die Mutter war ihm ganz unheimlich geworden mit den schwarzen Bändern und den verstörten Zügen. »Fritzchen«, sagte sie, »willst du jetzt auch fromm sein, daß ich Freude an dir habe, oder willst du unartig sein und lügen, oder saufen und stehlen?« – »Mutter, Hülsmeyer stiehlt.« – »Hülsmeyer? Gott bewahre! Soll ich dir auf den Rücken kommen? wer sagt dir so schlechtes Zeug?« – »Er hat neulich den Aaron geprügelt und ihm sechs Groschen genommen.« – »Hat er dem Aaron Geld genommen, so hat ihn der verfluchte Jude gewiß zuvor darum betrogen. Hülsmeyer ist ein ordentlicher, angesessener Mann, und die Juden sind alle Schelme.« – »Aber, Mutter, Brandis sagt auch, daß er Holz und Rehe stiehlt.« – »Kind, Brandis ist ein Förster.« – »Mutter, lügen die Förster?«

Margreth schwieg eine Weile; dann sagte sie: »Höre, Fritz, das Holz läßt unser Herrgott frei wachsen und das Wild wechselt aus eines Herren Lande in das andere; die können Niemand angehören. Doch das verstehst du noch nicht; jetzt geh in den Schoppen und hole mir Reisig.«

Friedrich hatte seinen Vater auf dem Stroh gesehen, wo er, wie man sagt, blau und fürchterlich ausgesehen haben soll. Aber davon erzählte er nie und schien ungern daran zu denken. Überhaupt hatte die Erinnerung an seinen Vater eine mit Grausen gemischte Zärtlichkeit in ihm zurückgelassen, wie denn nichts so fesselt, wie die Liebe und Sorgfalt eines Wesens, das gegen alles Übrige verhärtet scheint, und bei Friedrich wuchs dieses Gefühl mit den Jahren, durch das Gefühl mancher Zurücksetzung von Seiten Anderer.

Es war ihm äußerst empfindlich, wenn, so lange er Kind war, Jemand des Verstorbenen nicht allzu löblich gedachte; ein Kummer, den ihm das Zartgefühl der Nachbarn nicht ersparte. Es ist gewöhnlich in jenen Gegenden, den Verunglückten die Ruhe im Grabe abzusprechen. Der alte Mergel war das Gespenst des Brederholzes geworden; einen Betrunkenen führte er als Irrlicht bei einem Haar in den Zellerkolk (Teich); die Hirtenknaben, wenn sie Nachts bei ihren Feuern kauerten und die Eulen in den Gründen schrien, hörten zuweilen in abgebrochenen Tönen ganz deutlich dazwischen sein: »Hör mal an, fein's Lieseken«, und ein unprivilegierter Holzhauer, der unter der breiten Eiche eingeschlafen und dem es darüber Nacht geworden war, hatte beim Erwachen sein geschwollenes blaues Gesicht durch die Zweige lauschen sehen. Friedrich mußte von andern Knaben Vieles darüber hören; dann heulte er, schlug um sich, stach auch einmal mit seinem Messerchen und wurde bei dieser Gelegenheit jämmerlich geprügelt. Seitdem trieb er seiner Mutter Kühe allein an das andere Ende des Tales, wo man ihn oft Stunden lang in derselben Stellung im Grase liegen und den Thymian aus dem Boden rupfen sah.

DER SPIRITUS FAMILIARIS DES ROSSTÄUSCHERS

Deutsche Sagen; herausgegeben von den Gebrüdern Grimm. Berlin. 1816. Nr. 84.

Spiritus familiaris

Er wird gemeiniglich in einem wohlverschlossenen Gläslein aufbewahrt, sieht aus nicht recht wie eine Spinne, nicht recht wie ein Skorpion, bewegt sich aber ohne Unterlaß. Wer diesen kauft, bei dem bleibt er, er mag das Fläschlein hinlegen wohin er will, immer kehrt er von selbst zu ihm zurück. Er bringt großes Glück, läßt verborgene Schätze sehen, macht bei Freunden geliebt, bei Feinden gefürchtet, im Kriege fest wie Stahl und Eisen, also daß sein Besitzer immer den Sieg hat, auch behütet er vor Haft und Gefängnis. Man braucht ihn nicht zu pflegen, zu baden und kleiden, wie ein Galgenmännlein. Wer ihn aber behält bis er stirbt, der muß mit ihm in die Hölle, darum sucht ihn der Besitzer wieder los zu werden.

Ein Soldat, der ihn für eine Krone gekauft und den gefährlichen Geist kennen lernte, warf ihn seinem vorigen Besitzer vor die Füße und eilte fort; als er zu Hause ankam, fand er ihn wieder in seiner Tasche. Nicht besser ging es ihm, als er ihn in die Donau warf.

Ein Augsburgischer Roßtäuscher und Fuhrmann zog in eine berühmte deutsche Stadt ein. Der Weg hatte seine Tiere sehr mitgenommen, im Tor fiel ihm ein Pferd, im Gasthaus das zweite und binnen wenigen Tagen die übrigen sechs. Er wußte sich nicht zu helfen, ging in der Stadt umher, und klagte den Leuten mit Tränen seine Not. Nun begab sich's, daß ein anderer Fuhrmann ihm begegnete, dem er sein Unglück erzählte. Dieser sprach: »seid ohne Sorgen, ich will euch ein Mittel vorschlagen, dessen ihr mir danken sollt.« Der Roßtäuscher meinte, dies wären leere Worte. »Nein, nein, Gesell, euch soll geholfen werden. Geht in jenes Haus und fragt nach der ›Gesellschaft‹, der erzählt euren Unfall, und bittet um Hülfe.« Der Roßtäuscher folgte dem Rate, ging in das Haus und fragte einen Knaben, der da war, nach der Gesellschaft. Er mußte auf Antwort warten, endlich kam der Knabe wieder und öffnete ihm ein Zimmer, in welchem etliche alte Männer an einer runden Tafel saßen. Sie redeten ihn mit Namen an, und sagten: »Dir sind acht Pferde gefallen, darüber bist du niedergeschlagen, und nun kömmst du, auf Anraten eines deiner Gesellen, zu uns, um Hülfe zu suchen: du sollst erlangen, was du begehrst.« Er mußte sich an einen Nebentisch setzen und nach wenigen Minuten überreichten sie ihm ein Schächtelein mit den Worten: »Dies trage bei dir, und du wirst von Stund an reich werden, aber hüte dich, daß du die Schachtel, wo du nicht wieder arm werden willst, niemals öffnest.« Der Roßtäuscher fragte, was er für dieses Schächtelein zu zahlen habe, aber die Männer wollten nichts dafür; nur mußte er seinen Namen in ein großes Buch schreiben, wobei ihm die Hand geführt ward. Der Roßtäuscher ging heim, kaum aber war er aus dem Haus getreten, so fand er einen ledernen Beutel mit dreihundert Dukaten, womit er sich neue Pferde kaufte. Ehe er die Stadt verließ, fand er in dem Stalle, wo die neuen Pferde standen, noch einen großen Topf mit alten Talern. Kam er sonst wohin und setzte das Schächtelein auf die Erde, so zeigte sich da, wo Geld verloren oder vorzeiten vergraben war, ein hervordringendes Licht, also daß er es leicht heben konnte. Auf diese Weise erhielt er ohne Diebstahl und Mord große Schätze zusammen. Als die Frau des Roßtäuschers von ihm vernahm, wie es zuging, erschrak sie, und sprach: »Du hast etwas Böses empfangen, Gott will nicht, daß der Mensch durch solche verbotene Dinge reich werde, sondern hat gesagt, im Schweiße deines Angesichts sollst du dein Brod essen. Ich bitte dich um deiner Seligkeit willen, daß du wieder nach der Stadt zurück reisest und der ›Gesellschaft‹ deine Schachtel zustellst.« Der Mann von diesen Worten bewogen, entschloß sich und schickte einen Knecht mit dem Schächtelein hin, um es zurück zu liefern, aber der Knecht brachte es wieder mit der Nachricht zurück, daß die Gesellschaft nicht mehr zu finden sei, und niemand wisse, wo sie sich aufhalte. Hierauf gab die Frau genau Acht, wo ihr Mann das Schächtelein hinsetze, und bemerkte, daß er es in einem besonders von ihm gemachten Täschchen in dem Bund seiner Beinkleider verwahre. In der Nacht stand sie auf, zog es hervor und öffnete es: da flog eine schwarze sumsende Fliege heraus und nahm ihren Weg durch das Fenster hin. Sie machte den Deckel wieder darauf und legte es an seinen Ort, unbesorgt wie es ablaufen würde. Allein von Stund an verwandelte sich all das vorige Glück in das empfindlichste Unglück. Die Pferde fielen oder wurden gestohlen. Das Korn verdarb auf dem Boden, das Haus brannte zu dreienmalen ab, und der gesammelte Reichtum verschwand zusehends. Der Mann geriet in Schulden und ward ganz arm, so daß er in Verzweiflung erst seine Frau mit einem Messer tötete, dann sich selbst eine Kugel durch den Kopf schoß.

Trutz Simplex Leben der Landstörzerin Courage. Kap. 18 und 23
Der Leipziger Avanturier. Frkft. u. Lpzg. 1756. T. 2. S. 38-42

Den hier angegebenen Kennzeichen des Spiritus familiaris fügt der Volksglaube an manchen Orten noch andere hinzu. Seine ununterbrochenen Bewegungen sollen von einem feinen knisternden Geräusch begleitet sein, was den Träger Andern unheimlich und dem Wissenden kenntlich mache. Über Tag sei er schwarz, gebe aber im Dunkeln ein starkes phosphorisches Licht von sich, und so oft der Besitzer eine Kirche betrete, bete, oder sich nur einem frommen Gedanken überlasse, bekomme einer seiner feinen zahllosen Füße oder Fühlhörner die Macht, das Glas zu durchdringen und demselben einen Stich zu geben, der jedesmal die Lebenskraft bedeutend schwäche. Auch sollen seine Gaben dies mit andern höllischen gemein haben, daß sie zwar nicht wie diese zu Kohlen, aber schon in der zweiten Hand verderblich werden, das Vieh falle, das Getreide verderbe, oder, bis zur Aussaat gebracht, nicht keime, so daß dem Käufer von dem scheinbar vorteilhaftesten Handel nur der schlimmste Schaden bleibe. – Als Orte, wo die Fläschlein zu erhalten sind, wird bald ein Kreuzweg, bald der Rabenstein, bald ein leerstehendes, durch darin begangene Verbrechen dem Bösen anheim gefallenes Haus bezeichnet.

I

So hat er sich umsonst gequält, umsonst verkauft die werte
 Stätte,
Wo seiner Kindheit Linde steht und seiner Eltern
 Sterbebette,
Umsonst hat er so manchen Tag den frostbeklemmten
 Hauch gesogen,
In seiner starren Hand den Zaum, umknistert von des
 Schnees Wogen,

Beim Morgenrot, beim Abendrot,
Nur um ein Stückchen ehrlich Brod!

Der Täuscher kniet am Pflastergrund, er streicht des Rosses heiße Flanken,
Von des Gebälkes Sparren läßt die Leuchte irre Schatten wanken;
Bei Gott, es lebt! – im Aug' ein Blitz! – es schaudert, zittert, hüben, drüben,
Dann streckt es sich, die Nüstern stehn, vom wilden Schreie aufgetrieben,
Und aus den Gliedern wirbelt Dampf,
Der Lebenswärme letzter Kampf.

Der Täuscher kniet und streichelt fort, nicht trauen will er seinem Auge,
Und schwellend in die Wimper steigt der Mannesträne bittre Lauge,
Sacht langt die Decke er herbei und schlägt sie um des Tieres Weichen,
Dann läßt er der Laterne Schein ob den gespannten Sehnen streichen;
Es ist vorbei, kein Odemhauch,
Und schon verschwimmt der Flanken Rauch.

Vom Boden hebt er sich, er steht, der schwergebeugte Mann der Sorgen,
Und langsam hat er seine Stirn, hat sie in hohler Hand geborgen;
Was heute war? was morgen wird? wie könnt' er dessen sich entsinnen!
Und der Verzweiflung Schlange fühlt er kalt zum Herzen niederrinnen;

Was war? was ist? – er fährt empor,
Ein Klirren, dicht an seinem Ohr!

Und an dem nächsten Ständer lehnt, des toten Rappen
Zaum und Zügel
Gelassen wägend in der Hand, ein Mann mit Hafermaß
und Striegel,
So stämmig wie durch Frost und Staub der Kärrner treibt
die derben Glieder,
In seinen breiten Nacken hängt der breite Schlapphut
tröpfelnd nieder,
Und ruhig auf den Täuscher itzt
Sein graubewimpert Auge blitzt.

»Herr!« hebt er an: »ihr dauert mich, ein feines Tier
ist euch gefallen,
Doch weiß ich eins, ihm gleich wie sich am Paternoster
zwei Korallen;
Ich nenne euch den Ort, das Haus, ihr habt es
um zweihundert Gulden,
Dann wüßt' ich einen Herrn, der drum sein halbes Erbe
würde schulden.«
Der Täuscher horcht, und stammelt dann:
»Ich bin ein ganz verarmter Mann!«

»Wie, eure prächt'ge Kuppel hin? wie, die ich
in den Ostertagen
So frisch das Pflaster stampfen sah? fürwahr, da seid Ihr
zu beklagen!
O, euer Brauner mit dem Stern, der zierlich vor den Damen
kniete!
O, euer Weißgeborner, dem's wie Funken aus den Nüstern
sprühte!«

Der Täuscher hat sich abgewandt,
Er zupft am Zaume, ballt die Hand;

Und sinnend steht der Schlapphut, mißt mit steifem Blick der Kiste Bohlen,
»Herr!« flüstert er: »schließt eure Faust um blankgerändete Pistolen!
Die Stunde zehrt, es schwillt der Mond, bald ist des Jahres Schluß gekommen,
Habt ihr auf euren Zügen denn von der *Gesellschaft* nichts vernommen?«
Der Täuscher blickt verwirrt umher,
Und: »die Gesellschaft?« murmelt er.

»Wie, die so manchen braven Mann aus seinen Nöten hat gezogen
Und keinen Heller Zinsen nimmt, zwei Worte nur auf weißem Bogen,
Die euch, und lebt ihr hundert Jahr, mit keiner Mahnung wird beschämen,
Die kennt ihr nicht? die kennt ihr nicht? fürwahr, das muß mich Wunder nehmen!«
Der Täuscher horcht, er spricht kein Wort,
Und flüsternd fährt der Andre fort:

»Hört an, wenn in Silvesternacht das Mondlicht steigt in volle Bahnen,
Kein Dach, kein Baum es schatten mag, wenn silbern stehn der Türme Fahnen,
Zum Schleusentor geht dann hinaus, den Strom zur Rechten, links die Föhren,
Wer euch begegnet – achtet's nicht; wer euch begrüßt – laßt euch nicht stören,

Und hinterm Friedhof liegt ein Haus,
Ein wenig öde sieht es aus.

Verstorbnen Wuchrers Erb' um das sich sieben Lumpe
hitzig streiten,
Und drinnen flimmt ein schwaches Licht, ihr seht es
freilich nicht von weiten,
Alljährlich nur in dieser Nacht, sonst stehen Tür und Tor
verrammelt,
In einem Hinterbaue brennts, wo die *Gesellschaft*
sich versammelt;
Ihr trefft sie bis der Hahn gekräht, –«
Der Täuscher wendet sich und geht.

Wie trunken schwankt er durch den Hof, schwankt
in die buntgefüllte Halle;
Der Kannen Klappern, das Geschrei – ihm ist als ob
die Decke falle;
Und seufzend löst vom Gürtel er die Lederkatze,
und beklommen
Läßt er den ärmlichen Gehalt so Stück vor Stück zu Tage
kommen;
Dann springt er auf, sein Sporenklang
Klirrt trotzig das Gehöft entlang.

Doch was er rufen, pfeifen mag, leer ist der Stall,
nur aus den Raufen
Hängt wirres Heu wie sträubend Haar, und drunter
dampfen Strohes Haufen,
Nur der Laterne feuchter Docht wirft Flämmchen auf
mit leichtem Knallen,
Und läßt ein seltsam zuckend Licht um den gestreckten
Rappen fallen,

Und in der Fensterscheibe steht
Des Mondes bleiche Majestät.

II

Das nenn' ich eine Winternacht! das eine Jahresleiche!
Gnade
Der Himmel Jedem den die Not treibt über diese blanken
Pfade!
Sie glitzern auf, der Schlange gleich im weißen
Pyramidensande,
Und drüber hängt, ein Totenlicht, der Mond an unsicht-
barem Bande,
Mit Fünkchen ist die Luft gefüllt,
Die Sterbeseufzer zieht und quillt.

Nie hat, seit Menschendenken, sich Silvesternacht
so scharf ergossen,
Der Tag hat Flocken ausgestreut, der Abend sie mit Glas
umschlossen;
In den Gehöften Taub' und Huhn auf ihrer Stange ächzend
ducken,
Der Hund in seinem Schober heult und fühlt den Wurm
im Hirne zucken;
Zwei Spannen hat in dieser Nacht
Das Eis dem Strome zugebracht.

Verklommen steht am Tor die Wach' und haucht
in die erstarrten Hände,
»Wer da!« »ein Freund!« und hastig stampft es längs
der Brücke Steingelände;
Betroffen sieht ihn der Rekrut wie einen Mast am Strome
schwanken:

»Der ist betrunken oder irr!« er steht ein Weilchen
in Gedanken,
Bekreuzt sich, zieht die Uhr heraus,
Und lehnt sich an sein Schilderhaus.

In's offne Land der Täuscher tritt, er atmet auf und schaut
nach oben;
Kein Wölkchen hängt am Riesenbau der dunklen
Saphirkuppel droben,
Er wendet sich, und sieht die Stadt wie eine Nebelmasse
liegen,
Und drüber, auf Sankt Thomas' Turm, das Wetterkreuz
sich schimmernd wiegen,
Den Mantel zieht er an's Gesicht
Und schreitet fort im Mondenlicht.

Was liegt dort über'm Weg? – ein Mensch, ein Mann
in dünnem Zwillichrocke, –
Der Täuscher zuckt, doch zaudert nicht; wohl sieht
des Greisen dünne Locke,
Die Glatze, leuchtend aus dem Schnee, er sieht sie
im Vorüberschreiten,
Und wie mit tausend Stricken zieht es nieder, nieder ihn,
zur Seiten;
An's Herz hat er die Faust geballt,
Und weiter, weiter sonder Halt!

Die Scholle unterm Fuße kracht, und scheint ihn
wimmernd anzuklagen,
Die Luft mit ihrem leisern Hauch ihm Sterberöcheln
zuzutragen,
In dem verglas'ten Föhrenwald ein irres Leben surrt und
klingelt,

Und seiner eignen Kehle Hauch mit Funkenstaube
ihn umzingelt,
Voran, voran, der Würfel liegt,
Verloren oder keck gesiegt!

Da wie ein Glöckchen tönt's von fern, und dann
ein Lichtchen kömmt geschwommen
Den blanken Schlangenpfad entlang, ist an des Hügels Bug
geklommen,
Das Glöckchen schwirrt, das Flämmchen schwankt,
Gestalten dunkel sich bewegen,
Ein Priester mit dem Sakrament zieht dem verstörten
Mann entgegen,
Und wie's an ihm vorüber schwebt
Der Mönch die Hostie segnend hebt.

Der Täuscher schaudert, und ihn reißt's wie Bleigewichte
an den Knieen,
Doch weiter, weiter! – und vorbei läßt er den Gnadenengel
ziehen;
Noch einmal schaudert er – ein Knall – des Stromes
Flächen spaltend zittern,
Ein Windstoß durch der Föhren Haar, und die kristallnen
Stäbchen klittern –
Da tritt zum Friedhof er hinaus
Und vor ihm liegt das öde Haus.

Er starrt es an – ein düst'rer Bau! mit Zackengiebel,
Eisenstangen,
Vom offnen Tore Nägelreihn wie rostige Gebisse hangen;
Der Täuscher zaudert, dann umschleicht behutsam wie ein
Fuchs im Winde

Die Mauern er; – ist's nicht als ob ein Licht im Innern
sich entzünde?
Er schüttelt sich, er tritt hinein
Und steht im finstern Gang allein;

Tappt am Gemäuer, wendet sich; dort flimmt es durch
der Türe Spalten,
Sacht beugt er zu der Ritze, lauscht, den schweren Odem
angehalten;
Kein Ton, kein Räuspern, nur ein Laut wie scharfgeführter
Feder Schrillen,
Und ein Geriesel wie wenn Sand auf Estrich stäubt durch
schmale Rillen;
Sacht greift er an die Klinke, sacht
Hat er gepocht und aufgemacht.

III

Wie friedlich in der Erde Schoß die still geringen Leutchen
schlafen!
Endlich ein Pfühl nach hartem Stroh, nach saurer Fahrt
endlich ein Hafen!
Dem Flockenwulste, sichtbar kaum, entheben sich
die niedern Hügel,
Doch Gottes Engel kennt sie wohl, und schirmend breitet
er die Flügel
Den Kreuzlein zu, die Pflock an Pflock
Sich reihen um den Marmorblock.

Am Sockel kreucht der Drachenwurm, und scheint zum
Grund hinabzukrallen,
Zum toten Wuchrer unter'm Stein, von eigner Frevelhand
gefallen,

Wohl hat ihm Gold ein ehrlich Grab geworben an der
Friedhofsmauer,
Doch drüber zuckt sein Flammenschwert Sankt Michael
in Zorn und Trauer,
So silbergrau, ein Nachtgesicht,
Steht das versteinerte Gericht.

Vom öden Hause, seinem einst, wo blutge Tränen
sind geflossen,
Hat sich ein seltsam dämmernd Licht bis an den
Marmelstein ergossen,
Es ist als ob das Monument bei der Berührung zitternd
schwanke,
Im Schnee wühlend eine Hand dem Schuldner
sich entgegen ranke;
Er kömmt, er naht, die Pforte dröhnt,
Er hat sich an den Stein gelehnt;

Bleich wie der Marmor über ihm, und finster wie das Kreuz
zur Seiten,
Von Stirn und Wimper, Zähren gleich, geschmolznen
Reifes Tropfen gleiten;
Was er in dieser schweren Nacht gelitten oder auch
gesündet,
Er hat es Keinem je geklagt und Keinem reuig
es verkündet;
In's Dunkel starrt er, wie man wohl
So starrt gedankenlos und hohl.

Ihm ist, als fühl' er noch die Hand die seinen Federzug
geleitet,
Als fühle er den Nadelstich, der seines Blutes Quell
bereitet,

Und leise zitternd tastet er zum Gurte, – hörst du nicht
ein Knirren,
Viel schrillender als Uhrgetick, viel zarter als der Spange
Klirren? –
O, seine Heimat, still umlaubt!
O, seines Vaters graues Haupt!

Bewußtlos an des Engels Knie drückt er die Stirn,
klemmt er die Hände,
Der toten Gäule Klingeln hört er schleichen durch
die Fichtenwände;
Genüber ihm am Horizonte schleifen schwarze Wolken-
spalten,
Wie lässig eine träge Hand zum Sarge schleift des Bahrtuchs
Falten;
Er streicht das Auge, reckt sich auf,
Und schaut zum Ätherdom hinauf.

Noch hängt die Mondesampel klar am goldgestickten
Kuppelringe,
Noch leuchtet von Sankt Thomas' Turm das Kreuz
wie eine Doppelklinge,
Noch ist die Stunde nicht, wo sich der Hahn auf seiner
Stange schüttelt,
O eilig, eilig, eh die Uhr das letzte Sandkorn hat gerüttelt!
Er wendet sich, da – horch, ein Klang,
Und wieder einer, schwer und bang!

Und mit dem zwölften Schlage hat der Wolkenmantel
sich gebreitet,
Der immer höher, riesig hoch, sich um die Himmelskuppel
weitet,

Und, horch! – ein langgedehnter Schrei, des Hahnes
mitternächt'ge Klage;
Im selbigen Moment erbebt und lischt der Schein am
Sarkophage,
Und Engel, Drache, Flammenschwert,
Sind in die wüste Nacht gekehrt.

IV

Ho! Gläserklang und Jubelsang und »Hurra hoch!« fährt's
durch die Scheiben,
Getroffen schwankt der goldne Leu, die Buben aus
einander stäuben,
Und drängen sich und balgen sich das fliegende Konfekt
zu fangen;
Ein Glas, 'ne Frucht, 'ne Börse gar, die blieb am Speer
des Schildes hangen,
Und schreiend nach der Stange sticht
Das kleine gierige Gezücht.

Da klirrt aus des Balkones Tür ein Mann mit Gert' und
Eisensporen,
Ihm nach ein Andrer, Flasch' im Arm, in Rausches Seligkeit
verloren,
»Gesindel!« ruft der Eine: »halt! ich will euch lehren Börsen
stechen!«
»Frisch, Jungens, frisch!« der Andre drauf: »die Birn
ist mein, wer kann sie brechen?
Ihn schlag' ich heut', ich, Hans von Spaa,
Zum Ritter von Lumpatia.«

»Besinnt euch«, spricht der Erste; »was, besinnen? hab' ich
mich besonnen
Als euer Falber wie'n gestochner Stier zusammenbrach
am Bronnen?
Besann ich mich zu zahlen, Herr? o euer Vieh! dreihundert
Kronen!«
Die Stimme bricht in trunknem Weh, er schluchzt:
»mag euch der Teufel lohnen!«
Und schraubt den Pfropfenzieher ein;
Der Täuscher murmelt finster drein,

Und wendet sich. »He, holla, halt!« schreit's hinter ihm,
»nicht von der Stelle!
Hoch euer Galgenmännlein, hoch der kleine rauchige
Geselle!
Und wieder hoch! und dreimal hoch! – Alräunchen,
Hütchen meinetwegen,
Mag's ferner goldne Eier euch, und Andern tote Bälge
legen!«
Der Täuscher lächelt, aschenfahl,
Und schlendert pfeifend in den Saal.

Noch zwei Minuten, und du siehst den Gassenpöbel
vor ihm weichen,
Ihn scheu wie ein umstelltes Wild entlang die Häuserreihen
streichen:
So schleicht kein Trinker schweren Hirns und freudesatt
sich vom Gelage,
So grüßt kein freies Herz, nicht steht auf offner Stirn
so trübe Frage;
Man meint, das Tor gewinne jetzt
Ein Schelm, von Gläubigern gehetzt.

Erst als die Fichte ihn umstarrt, an seiner Sohle Nadeln
rauschen,
Hat er den Schritt gehemmt und steht, in sich gebeugt,
zu lauschen – lauschen –
So lauscht kein Liebender dem Klang der Glocke, die zur
Minne ladet,
Kein Kranker so des Priesters Schritt, der mit dem Heiltum
ihn begnadet:
Ein Delinquent so lauschen mag
Der letzten Stunde Pendelschlag.

Am Sonnenbrande schlummernd liegt der Wald in des
Aroma Wellen,
Und Harz entquillt den Nadeln wie aus Schläfers Wimpern
Tränen quellen,
Die sonnentrunkne Klippe nickt, die Vögel träumen
von Gesange,
In sich gerollt das Eichhorn liegt, umflattert von dem
Franzenhange,
An jeder Nadel weißer Rauch
Verdunstet Terpentines Hauch.

Durch das Gezweig' ein Sonnenstrahl bohrt
in des Horchers Scheitellocke,
Die aus dem dunklen Wulste glimmt wie Seegewürmes
Feuerflocke;
Er steht und lauscht, er lauscht und steht, vernimmst du
nicht ein feines Schrillen,
Ein Rieseln, wie wenn Sandgekörn auf Estrich stäubt durch
schmale Rillen?
So scharf es geht, so bohrend ein,
Wie Sensenwetzen am Gestein.

Der Täuscher richtet sich, er seufzt, dann drängend nach
des Forstes Mitte,
An eklem Pilze klirrt der Sporn und Blasen schwellen
unterm Tritte,
Hier wuchern Kress' und Binsenwust, Gewürme klebt
an jedem Halme,
Insektenwirbel wimmelt auf und nieder in des Mooses
Qualme,
Und zischend, mit geschwelltem Kamm,
Die Eidechs sucht den hohlen Stamm.

Der Wandrer bricht die Rank', er reißt und wütet
in den Brombeerhecken,
Da seitwärts durch Geröhres Speer erglänzt des Kolkes
Dintenbecken,
Ein wüster Kübel, wie getränkt mit schweflichen Asphaltes
Jauche,
Langbeinig füßelnd Larvenvolk regt sich in Fadenschlamm
und Lauche,
Und faule Spiegel, blau und grün,
Wie Regenbogen drüber ziehn.

In Mitten starrt ein dunkler Fleck, vom Riesenauge
die Pupille,
Dort steigt die Wasserlilg' empor, dem Fußtritt lauschend
durch die Stille;
Wen sie verlockt mit ihrem Schein, der hat sein letztes Lied
gesungen;
Drei Tage suchte man das Kind umsonst in Kraut und
Wasserbungen,
Wo Egel sich und Kanker jetzt
An seinen bleichen Gliedchen letzt.

Der Täuscher steht, den Arm verschränkt, und sturt
verdüstert in die Lache,
Sein Haar voll Laub und Kletten bauscht sich finster
an der Krempe Dache,
Gleich einem Senkblei scheint der Blick des Kolkes tiefsten
Grund zu messen,
Zur Seite schaut er, rückwärts dann, kein Strauch,
kein Hälmchen wird vergessen,
Greift dann behend zum Gürtelband
Und hält ein Fläschlein in der Hand.

Kaum hat das Ohr sich überzeugt, im Glase klingle
das Gerispel,
Ein Wimmeln kaum das Aug' erhascht, wie spinne-
füßelndes Gewispel,
Da, hui! pfeifts im Schwung' und, hui! fährts an der Lilie
Krone nieder,
Das Wasser zischt, es brodelt auf, es reckt die modergrünen
Glieder,
Und rückwärts, rückwärts sonder Halt
Raschelt der Täuscher durch den Wald.

Erst im Verhaue, wo die Luft spielt mit der Beere
Würzarome,
Und auf den goldnen Schwingen trägt das Festgeläut
vom nahen Dome,
Dort sinkt er schluchzend auf die Knie, so fest, so fest
die Händ' gefaltet,
O selten hat ein Seufzer so des Herzens tiefsten Grund
gespaltet!
Was dieser Seufzer trägt, es muß
Sich nahen wie ein glüher Kuß.

Und Zähren Perl' an Perle sich entlang die braunen Wangen
schmiegen,
So mochte der verlorne Sohn zu seines Vaters Füßen
liegen;
Da plötzlich zuckt der Beter – greift zum Gurte – tastet
dann auf's Neue –
Mit dumpfem Laute, klirrend fährt vom Grund er
wie ein wunder Leue,
Und in den Fingern angstgekrampft
Die triefende Phiole dampft!!

V

Tief tiefe Nacht, am Schreine nur der Maus geheimes
Nagen rüttelt,
Der Horizont ein rinnend Sieb, aus dem sich Kohlenstaub
entschüttelt,
Die Träume ziehen, schwer wie Blei und leicht wie Dunst,
um Flaum und Streue,
In Gold der hagere Poet, der dürre Klepper wühlt
im Heue,
Vom Kranze träumt die Braut, vom Helm
Der Krieger, und vom Strick der Schelm.

In jener Kammer, wo sich matt der Fenster tiefes Grau
schattieret,
Hörst du ein Rieseln, wie die Luft der Steppe zarten Staub
entführet?
Und ein Gesäusel, wie im Glas gefangner Bremse Flügel
wispelt?
Vielleicht 'ne Sanduhr die verrinnt? ein Mäuschen
das im Kalke rispelt?
So scharf es geht, so bohrend ein
Wie Sensenwetzen am Gestein.

Und dort am Hange – Phosphorlicht, wie's kranken
Gliedern sich entwickelt?
Ein grünlich Leuchten, das wie Flaum mit hundert Fäden
wirrt und prickelt,
Gestaltlos, nur ein glüher Punkt in Mitten wo die Fasern
quellen,
Mit klingelndem Gesäusel sich an der Phiole Wände
schnellen,
Und drüber, wo der Schein zerfleußt,
Ein dunkler Augenspiegel gleißt.

Und immer krimmelts, wimmelts fort, die grüne Wand
des Glases streifend,
Ein glüher gieriger Polyp, vergebens nach der Beute
greifend,
Und immer starrt das Auge her, als ob kein Augenlid
es schatte,
Ein dunkles Haar, ein Nacken hebt sich langsam
an des Tisches Platte,
Dann plötzlich schließt sich eine Hand
Und im Moment der Schein verschwand.

Es tappt die Diel' entlang, es stampft wie Männertritt
auf weichen Sohlen,
Behutsam tastend an der Wand will Jemand Rates
sich erholen,
Dann leise klinkt der Türe Schloß, die losgezognen Riegel
pfeifen,
Durch das Gemach, verzitternd, scheu, gießt sich
ein matter Dämmerstreifen,
Und in dem Rahmen, duftumweht
Im Nachtgewand der Täuscher steht.

Wie ist die stämmige Gestalt zum sehnenharten Knorren
worden!
Wie manches, manches graue Haar schattiert sich an der
Schläfe Borden!
O, diese Falten um den Mund, wo leise Kummerzüge
lauern –
So mocht an Babels Strömen einst der grollende Prophete
trauern,
So der Verfemte sonder Rast,
Wie ihn Salvator* aufgefaßt.

Genüber, feingeschnitzelt, lehnt die Gnadenmutter
mit dem Kinde,
Das sein vergoldet Händchen streckt wie segnend
aus der Mauerspinde,
Und drunter, in Kristall gehegt, von funkelndem Gestein
umbunden,
Ein überköstlich Heiligtum, ein Nagel aus des Heilands
Wunden;
Zu seiner Ehre Nacht für Nacht
Das Lämpchen am Gestelle wacht.

Nie hat, in aller Schuld und Not, der Täuscher einen Tag
beschlossen,
Daß nicht an dieser Schwelle ihm ein glüher Seufzer wär'
entflossen,
Selbst auf der Fahrt, auf nächt'gem Ritt, dämmert sein Auge
in die Weite,
Von des Polacken Rücken hat er mühsam sich gebeugt
zur Seite,

* Salvator Rosa

Und sein beladnes Haupt geneigt
Woher das Kind die Händlein reicht.

Ein scheuer Bettler Tag für Tag so steht er an des Himmels
Pforte,
Er schlägt kein Kreuz, er beugt kein Knie, nicht kennt sein
Odem Gnadenworte,
Schlaftrunknes Murmeln nur und glüh fühlt er's durch
die Phiole ranken,
Die seinem Leibe angetraut wie nagend Krebsgeschwür
dem Kranken,
Und von dem kargen Lebensherd
Ein Jahresscheit ist weggezehrt.

Auch jetzt, in dieser Stunde, steht er lautlos, mit gestreckten
Knieen,
Nur leises Ächzen und voran! – schau, schau, wie seine
Muskeln ziehen!
Voran! – das Heiltum – der Kristall – er lehnt sich
an die Wand, er schwindelt,
Ein angstvoll Zupfen – ein Gestöhn – er hat den Nagel
losgewindelt,
Und stößt ihn dicht am Heil'genschrein
In der Phiole Siegel ein.

Hui! knallt der Pfropfen, hui, fährt das Glas in Millionen
Splitter!
Gewinsel hier, Gewinsel dort und spinnefüßelndes
Geflitter;
Es hackt und prickelt nach dem Mann, der unterm
Gnadenbilde wimmert,
Bis Faser sich an Faser lischt, des Zentrums letzter Hauch
verschimmert,

Und an der Gotteslampe steigt
Das Haupt des Täuschers, *schneegebleicht.*

VI

Weh, Glockensturm! Trompetenstoß! und Spritzen rasseln
durch die Gassen,
Der aufgeschreckte Pöbel drängt und kräuselt sich
in wüsten Massen,
Hoch schlägt die Brunst am Giebel auf, Gewieher kreischt
aus Stall und Scheunen,
Der Eimer fliegt hinab, hinauf, umhergestoßne Kinder
weinen,
Und zögernd steigt das Morgenrot
Dem doppelt Glut entgegen loht.

Es war beim ersten Hahnenschrei als alle Bürger
aufgeschüttert
Mit Schlossenpfeifen Knall auf Knall; so greulich hat es
nie gewittert!
Grad ob des reichen Böhmen Dach, des Täuschers,
ballte sich das Wetter,
Wo Blitz an Blitze niederzuckt, mit ohrbetäubendem
Geschmetter,
Nun überall an Scheun' und Haus
Prasselt der Flammenhag hinaus.

Im Hof die Knechte hin und her mit Axt und Beilen
fluchend rennen,
Wer schob die innern Riegel vor? die Türen weichen nicht
und brennen,
»Der Herr! der Herr!« ruft's hier und dort: »wo ist der Herr!«
daß Gott ihm gnade,

An seinem Kammerfenster leckt die Loh' aus der
geschloßnen Lade!
Und eben krachte in's Portal
Die Stiege zu dem obern Saal!

Entsetzt Gemurmel läuft umher und schwillt in des
Gedränges Wogen,
Dann Alles totenstill, sie stehn, die Brauen finster
eingezogen;
So um den Scheiterhaufen einst gruppierten sich des
Südens Söhne:
»Da brennt der Schächer, dessen Vieh das Land verlockt
mit fremder Schöne
Und kaum verkauft, am dritten Tag,
Ein totes Aas im Stalle lag!

Der Gaukler brennt, aus dessen Gurt ein wunderlich
Geklingel surrte,
Daß man in rabenschwarzer Nacht ihn kennen mocht'
an seinem Gurte,
Der keine Kirche je betrat, vor keinem Gnadenbild
sich neigte,
Wenn ihm begegnet Christi Leib von Schwindel stammelt'
und erbleichte,
Im gottgesandten Element
Der Täuscher, mit der Kuppel, brennt!«

VII

Am Wiesenhang 'ne Linde steht, so lieblich winkend
mit den Zweigen,
Auf jedem Ast ein Vogelnest, um jede Blüt' ein Bienen-
reigen,

Sie scheint den düstern Föhrenwald aus ihren Kelchen
anzulächeln,
Des nahen Städtleins Angelus ein säuselnd Ave
zuzufächeln,
Und für den nahen Friedhof auch
Hat sie versüßt des Westes Hauch.

Und Blatt an Blatt vom Blütenzweig verstreut sie
auf des Greises Stirne,
Der in dem Wurzelmoose lehnt sein Haupt mit siedendem
Gehirne;
Zur Seite liegt der Stab, gefüllt mit Bettelborde liegt der
Ranzen,
Und Schemen hier und Schemen dort mit Elfenschritten
drüber tanzen,
Wie sie der Brust geheimster Hut
Entschlüpfen in des Fiebers Glut.

Den Anger seiner Kindheit sieht er in den Lindenzweigen
spielen,
Die süße Heimat, und das Haupt der Eltern auf den
Sterbepfühlen;
Was er verloren und erstrebt, was er gesündet und
getragen,
Wie Eine Nacht sein Haar gebleicht, die eignen Knechte
ihn geschlagen.
O Nacht, die Ehre, Kräfte, Hab'
Zerbrach und ihm die Seele gab!

Er sieht sein faltiges Gesicht im Wasserspiegel
widerscheinen
Wie er sich selber nicht erkannt, und kindisch dann begann
zu weinen;

Ach, all die Tränen, so nachher aus tiefrer Quelle
sind geflossen,
Ob sie in Christi Blut vereint? des Himmels Pforten
aufgeschlossen?
Wohl Schweres trug er mit Geduld,
Doch willenlos, durch eigne Schuld!

Mit vierzig Jahren siecher Greis, ist er von Land zu Land
geschlichen,
Hat seines Namens Fluch gehört und ist zur Seite scheu
gewichen,
Aus mancher Hand, die ihm gedient, hat er das Bettelbrod
gebrochen,
Und ist, ein todeskranker Mann, an dieses Hügels Bug
gekrochen,
An diesen Hügel – ew'ge Macht!
Er schaudert auf; – Silvesternacht!

Der Föhrenwald – das öde Haus – dort stand der Priester,
dort am Hagen –
O, in der Sterbestunde hat sein irrer Fuß ihn hergetragen,
Das ist kein Schemen, dieses nicht; dort streckt Sankt
Michael die Flügel,
Dort kreucht am Fußgestell der Drach' und schlägt
die Kralle in den Hügel;
Des Greises Auge dunkelt, wild
Die Agonie zum Haupte quillt.

Das Buch – das Buch – er sieht das Buch – o Gottesmutter,
Gnade! Gnade!
Er liebte dich, er liebte dich in Sünd' und Schmach! –
gleich einem Rade

Die Zeichen kreisen – Gott, o Gott, er sieht ein Händchen
niederreichen,
Mit leisem goldnen Fingerzug die blutgetränkten Lettern
streichen!
Und auf des Täuschers bleichen Mund
Ein Lächeln steigt in dieser Stund'.

Um Mittag hat der Mähder ihn am Lindenstamme
aufgehoben,
Und in des Karrens Futtergrün dem Leichenhause
zugeschoben,
Auf der Gemeinde Kosten ist ein grobes Sterbehemd
bereitet,
Ein kurzer träger Glockenschlag hat zu der Grube
ihn geleitet,
Wo sich der Engelsflügel neigt
Und nicht des Drachen Kralle reicht.

WO SIND DES TRAUMES,
WO DES LEBENS GRENZEN

DOPPELTGÄNGER

Kennst du die Stunden wo man selig ist
In Schlaf und Wachens wunderlichem Segen
's war eine Nacht vom Taue wachgeküßt
Das Dunkel fühlt ich kühl wie zarten Regen
An meine Wange gleiten, das Gerüst
Des Vorhangs schien sich schaukelnd zu bewegen
Rings tiefe Stille, der das Ohr erlag
Doch war im Haupt mir leises Summen wach

Mir war so wohl und federleicht zu Mut
So schwimmend und die Wimper halbgeschlossen
Verlorne Funken zündeten mein Blut
Von leisen Lauten wähnt ich mich umflossen
's war eine Stunde wo der Seiger ruht
Die Geisterstund verschollner Traumgenossen
's war eine Nacht wo man am Morgen fragt
Hat damals oder hat er jetzt getagt?

Und immer heller ward der süße Klang
Das liebe Lachen, es begann zu schwimmen
Wie Bilder von Daguerre die Deck entlang
Es wisperte – wie jugendliche Stimmen
Wie halb vergeßner ungewisser Sang
Gleich Feuerwürmern sah ich Augen glimmen
Dann wurden feucht sie, wurden blau und lind
Und mir zu Füßen saß ein schönes Kind

Das sah zu mir empor so ernst gespannt,
Als quelle ihm die Seele aus den Blicken

Bald schloß es schmerzlich zuckend seine Hand
Bald schüttelt es sie funkelnd vor Entzücken
Und horchend, horchend, klomm es sacht heran
Zu meiner Schulter und – wo blieb es dann?

O wärens Geisterstimmen aus der Luft
Die sich wie Vogelzwitschern um mich reihten
Wär Grabesbrodem nur der leise Duft
Der mich umseufzte aus verschollnen Zeiten
Doch nur mein Herz ist ihre stille Gruft
Und meine Heilgen, meine einst Geweihten
Sie leben Alle, wandeln Allzumal
Vielleicht zum Segen sich doch mir zur Qual

AN ELISE RÜDIGER IN MINDEN
〈Meersburg, 7. August 1847, Samstag〉

Meersburg den 20ten July 47

Mein liebes theures Lies!

Es ist Ihnen beym Anblicke dieser Zeilen wohl zu Muthe, als hörten Sie eine Stimme aus der andern Welt. – so schlimm ist es indessen nicht, ich bin lebendig, und leide wenig, aber schwach, schwach! – jetzt ist es fast ein Jahr, daß ich meine Spiegeley nicht anders verlasse, als um bis zur grünen Bank auf dem Hofe zu schleichen, – Mein Gehen ist so gut wie gar Nichts mehr, – Schreiben bringt mich nach wenigen Zeilen einer Ohnmacht nahe, – Lesen darf ich nur mit großer Vorsicht ab und zu ein kleines Gedichtchen, oder einen kurzen Zeitungsartikel. – Im Uebrigen ist mein Schlaf wenn nicht gut doch zur Nothdurft hinreichend, – Apetit DITTO, – fieberhafte oder schmerzliche

Zustände nicht vorhanden, – Stimmung heiter, – Aussehen ganz erträglich – und endlich der langen Rede kurzer Sinn, daß ich nach der Aussage aller meiner Aerzte, (ich bin jetzt schon in den Händen des Dritten) durchaus nicht krank seyn soll, – nicht mahl nerven*leidend*, sondern nur gränzenlos nerven*schwach* – und dieser miserable Zustand (sein Anfang liegt in meiner zu frühen Geburt, seine gegenwärtige Steigerung in meinen fünfzig Jahren) soll mehrere Jahre, in denen ich nur VEGETIREN darf, anhalten, und dann? – nun dann soll hintennach Alles CHARMANT, und mir Gesundheit (soweit die Altersschwächen) Denkfreyheit (so weit die Altersstumpfheit) und sogar die Erlaubniß zu schreiben (soweit die Grosmamas' Brille es erlaubt) zu Theil werden – sind das nicht glänzende Aussichten? – zudem glaube ich nicht mahl daran, nicht mehr als an den Juden-Messias. – aber das glaube ich selbst, daß unter günstigen Umständen (d.h. wenn ich mich behandle wie eine Seifenblase oder ein weiches Ey und kein Unglück von Außen auf mich einstürmt) die Geschichte sich noch lange lange hinspinnen kann. – Doch wie Gott will! ich bin jede Stunde bereit, und meinem Schöpfer sehr dankbar, daß er mir durch das beständige Gefühl der Gefahr eine vollkommene Befreundung mit dem Tode, so wie, durch eben dieses Gefühl, eine doppeltinnige und bewuste Freude an allen, auch den kleinsten, Lebensfreuden, die mir noch zu Theil werden, gegeben hat.

DER TODESENGEL

’s gibt eine Sage, daß wenn plötzlich matt’
Unheimlich Schaudern Einen übergleite,
Daß dann ob seiner künft’gen Grabesstatt
Der Todesengel schreite.

Ich hörte sie, und malte mir ein Bild
Mit Trauerlocken, mondbeglänzter Stirne,
So schaurig schön, wie’s wohl zuweilen quillt
Im schwimmenden Gehirne.

In seiner Hand sah ich den Ebenstab
Mit leisem Strich des Bettes Lage messen,
– So weit das Haupt – so weit der Fuß – hinab!
Verschüttet und vergessen!

Mich graute, doch ich sprach dem Grauen Hohn,
Ich hielt das Bild in Reimes Netz gefangen,
Und frevelnd wagt’ ich aus der Totenkron’
Ein Lorbeerblatt zu langen.

O, manche Stunde denk ich jetzt daran,
Fühl’ ich mein Blut so matt und stockend schleichen,
Schaut aus dem Spiegel mich ein Antlitz an –
Ich mag es nicht vergleichen; –

Als ich zuerst dich auf dem Friedhof fand,
Tiefsinnig um die Monumente streifend,
Den schwarzen Ebenstab in deiner Hand
Entlang die Hügel schleifend;

Als du das Auge hobst, so scharf und nah,
Ein leises Schaudern plötzlich mich befangen,
O wohl, wohl ist der Todesengel da
Über mein Grab gegangen!

DAS SPIEGELBILD

Schaust du mich an aus dem Kristall,
Mit deiner Augen Nebelball,
Kometen gleich die im Verbleichen;
Mit Zügen, worin wunderlich
Zwei Seelen wie Spione sich
Umschleichen, ja, dann flüstre ich:
Phantom, du bist nicht meines Gleichen!

Bist nur entschlüpft der Träume Hut,
Zu eisen mir das warme Blut,
Die dunkle Locke mir zu blassen;
Und dennoch, dämmerndes Gesicht,
Drin seltsam spielt ein Doppellicht,
Trätest du vor, ich weiß es nicht,
Würd' ich dich lieben oder hassen?

Zu deiner Stirne Herrscherthron,
Wo die Gedanken leisten Fron
Wie Knechte, würd ich schüchtern blicken;
Doch von des Auges kaltem Glast,
Voll toten Lichts, gebrochen fast,
Gespenstig, würd, ich scheuer Gast,
Weit, weit ich meinen Schemel rücken.

Und was den Mund umspielt so lind,
So weich und hülflos wie ein Kind,
Das möcht in treue Hut ich bergen;
Und wieder, wenn er höhnend spielt,
Wie von gespanntem Bogen zielt,
Wenn leis' es durch die Züge wühlt,
Dann möcht ich fliehen wie vor Schergen.

Es ist gewiß, du bist nicht Ich,
Ein fremdes Dasein, dem ich mich
Wie Moses nahe, unbeschuhet,
Voll Kräfte die mir nicht bewußt,
Voll fremden Leides, fremder Lust;
Gnade mir Gott, wenn in der Brust
Mir schlummernd deine Seele ruhet!

Und dennoch fühl ich, wie verwandt,
Zu deinen Schauern mich gebannt,
Und Liebe muß der Furcht sich einen.
Ja, trätest aus Kristalles Rund,
Phantom, du lebend auf den Grund,
Nur leise zittern würd ich, und
Mich dünkt – ich würde um dich weinen!

〈AUF HOHEM FELSEN LIEG ICH HIER〉

Auf hohem Felsen lieg ich hier
Der Krankheit Nebel über mir
Und unter mir der tiefe See
Mit seiner nächtgen Klage Weh
Mit seinem Jubel seiner Lust

Wenn buntgeschmückte Wimpel fliegen
Mit seinen Dräun aus hohler Brust
Wenn Sturm und Welle sich bekriegen

Mir ist er gar ein trauter Freund
Der mit mir lächelt mit mir weint
Ist wenn er grünlich golden ruht
Mir eine sanfte Zauberflut
Aus deren tiefen klaren Grund
Gestalten meines Lebens steigen
Geliebte Augen, süßer Mund
Sich lächelnd winkend zu mir neigen

Wie hab ich gar so manche Nacht
Des Mondes Widerschein bewacht
Die bleiche Bahn auf dunklem Grün
Wo meiner Toten Schatten ziehn
Wie manchen Tag den lichten Hang
Bewegt von hüpfend leichten Schritten
Auf dem mit leisem Geistergang
Meiner Lebendgen Bilder glitten

Und als *dein* Bild vorüber schwand
Da streckte ich nach Dir die Hand
Und weh ward's in der Seele mir
Daß du nicht weißt wie nah sie dir
So nimm denn meine Lieder hin
Sie sind aus tiefer Brust erklungen
Nimm sie mit alter Liebe Sinn
Und denk ich hab' sie Dir gesungen.

VORGESICHT

Größere Aufmerksamkeit als dieses verdient das sogenannte »Vorgesicht«, ein bis zum Schauen oder mindestens deutlichem Hören gesteigertes Ahndungsvermögen, ganz dem Secondsight der Hochschotten ähnlich, und hier so gewöhnlich, daß, obwohl die Gabe als eine höchst unglückliche eher geheim gehalten wird, man doch überall auf notorisch damit Behaftete trifft, und im Grunde fast kein Eingeborner sich gänzlich davon freisprechen dürfte. – Der Vorschauer (Vorgucker) im höheren Grade ist auch äußerlich kenntlich an seinem hellblonden Haare, dem geisterhaften Blitze der wasserblauen Augen, und einer blassen oder überzarten Gesichtsfarbe; übrigens ist er meistens gesund, und im gewöhnlichen Leben häufig beschränkt und ohne eine Spur von Überspannung. – Seine Gabe überkömmt ihn zu jeder Tageszeit, am häufigsten jedoch in Mondnächten, wo er plötzlich erwacht, und von fieberischer Unruhe ins Freie oder ans Fenster getrieben wird; dieser Drang ist so stark, daß ihm kaum Jemand widersteht, obwohl Jeder weiß, daß das Übel durch Nachgeben bis zum Unerträglichen, zum völligen Entbehren der Nachtruhe gesteigert wird, wogegen fortgesetzter Widerstand es allmählich abnehmen, und endlich gänzlich verschwinden läßt. – Der Vorschauer sieht Leichenzüge – lange Heereskolonnen und Kämpfe, – er sieht deutlich den Pulverrauch und die Bewegungen der Fechtenden, beschreibt genau ihre fremden Uniformen und Waffen, hört sogar Worte in fremder Sprache, die er verstümmelt wiedergibt, und die vielleicht erst lange nach seinem Tode auf demselben Flecke wirklich gesprochen werden. – Auch unbedeutende Begebenheiten muß der Vorschauer unter gleicher Beängstigung sehen: z. B. einen Erntewagen, der nach vielleicht zwanzig Jahren auf diesem Hofe umfallen wird; er beschreibt genau die Gestalt und Kleidung der jetzt noch ungebornen Dienstboten, die ihn aufzurichten suchen; die Abzeichen des Fohlens oder Kalbes, das erschreckt zur Seite springt, und in eine, jetzt noch nicht vorhandene Lehmgrube fällt etc. – Napoleon grollte noch in der Kriegsschule zu Brienne mit seinem beengten Geschicke, als das Volk schon von »silbernen Reitern« sprach, mit »silbernen Kugeln auf den Köpfen, von denen ein langer, schwarzer Pferdeschweif« flattere, so wie von wunderlich aufgeputztem Gesindel, was auf »Pferden wie Katzen« (ein üblicher Ausdruck für kleine, knollige Rosse) über Hecken und Zäune fliegen, in der Hand eine lange Stange, mit eisernem Stachel daran. – Ein längst verstorbener Gutsbesitzer hat viele dieser Gesichte verzeichnet, und es ist höchst anziehend, sie mit manchem späteren entsprechenden Begebnisse zu vergleichen. – Der minder Begabte und nicht bis zum Schauen Gesteigerte »hört« – er hört den dumpfen Hammerschlag auf dem Sargdeckel und das Rollen des Leichenwagens, hört den Waffenlärm, das Wirbeln der Trommeln, das Trappeln der Rosse, und den gleichförmigen Tritt der marschierenden Kolonnen. -- Er hört das Geschrei der Verunglückten, und an Tür oder Fensterladen das Anpochen Desjenigen, der ihn oder seinen Nachfolger zur Hülfe auffordern wird. – Der Nichtbegabte steht neben dem Vorschauer und ahndet Nichts, während die Pferde im Stalle ängstlich schnauben und schlagen, und der Hund, jämmerlich heulend, mit eingeklemmtem Schweife seinem Herrn zwischen die Beine kriecht.

TRAUM UND TOD

Es war tief in der Nacht, als Ledwina aus ihrem langen Schlummer erwachte, sie hatte äußerlich tief geruht, und Therese war unbemerkt vor eingen Stunden noch einmal an ihrem Lager gewesen, wo sie die Schwester, die ihr nun erleichtert schien, beruhigt verlassen hatte, aber in Ledwinas Innren hatte sich eine grauenvolle Traumwelt aufgeschlossen, und es war ihr als gehe sie zu Fuße mit einer großen Gesellschaft, worunter alle die Ihrigen und eine Menge Bekannter waren, um einer theatralischen Vorstellung beizuwohnen, es war sehr finster, und die ganze Gesellschaft trug Fackeln, was einen gelben Brandschein auf alles warf, besonders erschienen die Gesichter übel verändert, Ledwinens Führer ein alter aber unbedeutender Bekannter, war sehr sorgsam und warnte sie vor jedem Stein, »jetzt sind wir auf dem Kirchhof« sagte er, »nehmen sie sich in Acht, es sind einge frische Gräber«, zugleich flammten alle Fackeln hoch auf, und Ledwina wurde ein großer Kirchhoff mit einer zahllosen Menge weißer Leichensteine und schwarzer Grabhügel sichtbar, die immer regelmäßig eins ums andre wechselten, daß ihr das ganze wie ein Schachbrett vorkam, und sie laut lachte, als ihr plötzlich einfiel, daß hier ja ihr Liebstes auf der Welt begraben liege, sie wußte keine Namen, und hatte keine genauere Form dafür, als überhaupt die menschliche, aber es war gewiß ihr Liebstes, und sie riß sich mit einem furchtbar zerrissenen Angstgewimmer los, und begann zwischen den Gräbern zu suchen, und mit einem kleinen Spaden, die Erde hier und dort aufzugraben, nun war sie plötzlich die Zuschauende, und sah ihre eigne Gestalt totenbleich mit wild im Winde flatternden Haaren, an den Gräbern wühlen, mit einem Ausdrucke in den verstörten Zügen, der sie mit Entsetzen füllte, nun war sie wieder die Suchende selber, sie legte sich über die Leichensteine, um die Inschriften zu lesen, und konnte keine heraus bringen, aber das sah sie, keiner war der rechte, vor den Erdhügeln fing sie an sich zu hüten, denn der Gedanke des Einsinkens begann sich zu erzeugen, dennoch ward sie im Zwang des Traumes zu einem wie hingestoßen, und kaum betrat sie ihn so stürzte er zusammen, sie fühlte ordentlich den Schwung im Fallen und hörte die Bretter des Sarges krachend brechen, in dem sie jetzt neben einem Gerippe lag. Ach es war ja ihr Liebstes, das wußte sie sogleich, sie umfaßte es fester wie wir Gedanken fassen können, dann richtete sie sich auf, und suchte in dem grinsenden Totenkopfe nach Zügen, für die sie selbst keine Norm hatte, es war aber nichts, und zudem konnte sie nicht recht sehen, denn es fielen Schneeflocken, obschon die Luft schwül war, übrigens war es jetzt am Tage, sie faßte eine der noch frischen Totenhände, die vom Gerippe los ließ, das schreckte sie gar nicht, sie preßte die Hand glühend an ihre Lippen, legte sie dann an die vorige Stelle, und drückte das Gesicht fest ein in den modrichten Staub, nach einer Weile sah sie auf, es war wieder Nacht, und ihr voriger Begleiter stand sehr hoch am Grabe mit einer Laterne, und bat sie mit zugehn, sie antwortete, sie werde immer hier liegen bleiben, bis sie tot sei, er möge gehn, und die Laterne dalassen, was er auch sogleich tat, und sie sah wieder eine Weile nichts als das Gerippe, dem sie mit einer herzzerreißenden Zärtlichkeit liebkoste, plötzlich stand ein Kind neben dem Grabe, mit einem Korbe voll Blumen und Früchten, und sie besann sich, daß es Eins Derer sei die im Theater Erfrischungen umherbieten, sie kaufte ihm seine Blumen ab, um den Toten damit zu schmücken wobei sie ganz ordentlich und ruhig die Früchte aus las und zurück gab, da sie den Korb umschüttete, wurden der Blumen so viele, daß sie das ganze Grab füllten, des freute sie sich sehr, und wie ihr Blut milder floß, formte sich die Idee, als könne sie den verweseten Leib wieder aus Blumen zusammen setzen, daß er lebe und mit ihr gehe, über dem Aussuchen und Ordnen der Blumen erwachte sie, und wie bei Träumen immer nur der aller letzte Eindruck in das wache Leben übergeht, ziemlich frei, aber ihr war unerträglich heiß, sie richtete sich auf, und sah noch etwas verstört im Zimmer umher. Das Mondlicht stand auf den Vorhängen Eins der Fenster, und da der Fluß unter ihm zog, schienen sie zu wallen, wie das Gewässer, der Schatten fiel auf ihr Bett und teilte der weißen Decke die selbe Eigenschaft mit, daß sie sich wie unter Wasser vorkam, sie betrachtete dies eine Weile, und es wurde ihr je länger je grauenhafter, die Idee einer Ondine ward zu der einer im Fluß versunknen Leiche, die das Wasser langsam zerfrißt, während die trostlosen Eltern vergebens ihre Netze in das unzugängliche Reich des Elementes senden, ihr ward so schauerlich, daß sie sich nach eingen Skrupeln, wegen der Glut in ihrem Körper entschloß, aufzustehn, und die Vorhänge los zu ziehn. Die Nacht war überaus schön, der Mond stand klar im tiefen Blau, die Wolken lagerten dunkel am Horizont in einer schweren getürmten Masse und der Donner hallte leise und doch mächtig herüber, wie das Gebrüll des Löwen, Ledwina blickte lüstern durch die Scheiben, das graue Silberlicht lag wie ein feenhaftes Geheimnis auf der Landschaft, und dünne matte Schimmer wogten über die Gräser und Kräuter wie feine Fäden, als bleichten die Elfen ihre duftigen Schleier, am Flusse war die Luft ganz still, denn die Weiden standen wie versteint und kein Hauch bog die gesträubten Haare, aber in der Ferne schüttelten sich die Pappeln, und hielten dem Mondlicht die weißen Flächen entgegen, daß sie schimmerten wie die silbernen Alleen in Träumen und Märchen, Ledwina sah und sah, und ihr Fuß wurzelte immer fester an der lockenden Stelle, und bald stand sie halb unwillkürlich halb mit leisen Vorwürfen in ein dichtes Tuch gehüllt am offnen Fenster, sie schauderte linde zusammen, von der frischen Luft, und der geisterhaften Szene, ihre Blicke fielen auf das klare Licht über sich und das sanfte Licht unter sich im Strom...

DIE STUNDE KÖMMT,
WO TOTE GEHEN

NACH DEM ANGELUS SILESIUS

Des Menschen Seele du, vor Allem wunderbar,
Du Alles und auch Nichts, Gott, Priester und Altar,
Kein Pünktchen durch dich selbst, doch über alles Maß
Reich in geschenktem Gut, und als die Engel baß;
Denn höher steht dein Ziel, *Gott* ähnlich sollst du
werden;
So, Seele, bist du's schon; denn was zu Glück und Ruhm
In dir verborgen liegt, es ist dein Eigentum,
Ob unentwickelt auch, wie's Keimlein in der Erden
Nicht minder als der Baum, und wie als Million
Nichts Andres ist die Eins, bist du *ihm* gleich, sein Sohn,
So wie dem Tropfen Blut, der aus der Wunde quillt
Ganz ähnlich ist das Rot, das noch die Adern füllt;
Nicht Kletten trägt die Ros', der Dornstrauch
keine Reben,
Drum, Seele, stürbest du, Gott müßt den Geist aufgeben.

Ja, Alles ist in dir was nur das Weltall beut,
Der Himmel und die Höll', Gericht und Ewigkeit,
Gott ist dein Richter nicht, du mußt dir selbst verzeihn,
Sonst an des Höchsten Thron stehst du in ew'ger Pein;
Er, der dem Suchenden noch nie verlöscht die Spur,
Er hat selbst Satan nicht verdammt nach Zeit und Ort;
Des unergründlich Grab ist seine Ichheit nur:
Wär er des Himmels Herr, er brennte ewig fort,
Wie Gott im Höllenpfuhl wär selig für und für,
Und, Seele, bist du treu, so steht dies auch bei dir.
Also ist deine Macht auch heute schon dein eigen,
Du kannst, so oft du willst, die Himmelsleiter steigen;

Ort, Raum, sind Worte nur von Trägheit ausgedacht,
Die nicht Bedürfnis in dein Wörterbuch gebracht.
Dein Aug' ist Blitz und Nu, dein Flug bedarf nicht Zeit,
Und im Moment ergreifst du Gott und Ewigkeit;
Allein der Sinne Schrift, die mußt du dunkel nennen,
Da dir das Werkzeug fehlt die Lettern zu erkennen;
Nur Geist'ges faßt der Geist, ihm ist der Leib zu schwer,
Du schmeckst, du fühlst, du riechst, und weißt um gar
nichts mehr;
Hat nicht vom Tröpfchen Tau die Eigenschaft zu messen
Jahrtausende der Mensch vergebens sich vermessen?
Drum, plagt dich Irdisches, du hast es selbst bestellt,
Viel näher als dein Kleid ist dir die Geisterwelt!

Faßt's nicht zuweilen dich, als müßtest in der Tat
Du über dich hinaus, das Ganze zu durchdringen,
Wie jener Philosoph um einen Punkt nur bat,
Um dann der Erde Ball aus seiner Bahn zu schwingen?
Fühlst du in Demut so, in Liebesflammen rein,
Dann ist's der Schöpfung Mark, laß dir nicht leide sein!
Dann fühlst du dich von Gott als Wesenheit begründet,
Wie Quelle an dem Strand, wo Ozean sich ründet.

So sei denn freudig, Geist, da Nichts mag größer sein,
So wirf dich in den Staub, da Nichts wie du so klein!
Du Würmchen in dir selbst, doch reich durch Gottes
Hort,
So schlummre, schlummre nur, mein Seelchen, schlummre
fort!
Was rennst, was mühst du dich zu mehren deine Tat?
Halt nur den Acker rein, dann sprießt von selbst die Saat;
In Ruhe wohnt die Kraft, du mußt nur ruhig sein,

Durch offne Tür und Tor die Gnade lassen ein;
Dann wird aus lockerm Grund dir Myrt' und Balsam steigen,
Er kömmt, er kömmt, dein Lieb, gibt sich der Braut zu eigen,
Mit sich der Krone Glanz, mit sich der Schlösser Pracht,
Um die sie nicht gefreit, an die sie nicht gedacht!

AM DRITTEN SONNTAGE NACH OSTERN

»Über ein Kleines werdet ihr mich sehen.«

Ich seh dich nicht!
Wo bist du denn, o Hort, o Lebenshauch?
Kannst du nicht wehen, daß mein Ohr es hört?
Was nebelst, was verflatterst du wie Rauch,
Wenn sich mein Aug nach deinen Zeichen kehrt?
Mein Wüstenlicht,
Mein Aaronsstab, der lieblich könnte grünen,
Du tust es nicht;
So muß ich eigne Schuld und Torheit sühnen!

Heiß ist der Tag;
Die Sonne prallt von meiner Zelle Wand,
Ein traulich Vöglein flattert ein und aus;
Sein glänzend Auge fragt mich unverwandt:
Schaut nicht der Herr zu diesen Fenstern aus?
Was fragst du nach?
Die Stirne muß ich senken und erröten.
O bittre Schmach!
Mein Wissen mußte meinen Glauben töten.

Die Wolke steigt,
Und langsam über den azurnen Bau
Hat eine Schwefelhülle sich gelegt.
Die Lüfte wehn so seufzervoll und lau
Und Angstgestöhn sich in den Zweigen regt;
Die Herde keucht.
Was fühlt das stumpfe Tier, ists deine Schwüle?
Ich steh gebeugt;
Mein Herr berühre mich, daß ich dich fühle!

Ein Donnerschlag!
Entsetzen hat den kranken Wald gepackt.
Ich sehe, wie im Nest mein Vogel duckt,
Wie Ast an Ast sich ächzend reibt und knackt,
Wie Blitz an Blitz durch Schwefelgassen zuckt;
Ich schau ihm nach.
Ists deine Leuchte nicht, gewaltig Wesen?
Warum denn, ach!
Warum nur fällt mir ein was ich gelesen?

Das Dunkel weicht;
Und wie ein leises Weinen fällt herab
Der Wolkentau; Geflüster fern und nah.
Die Sonne senkt den goldnen Gnadenstab,
Und plötzlich steht der Friedensbogen da.
Wie? wird denn feucht
Mein Auge, ist nicht Dunstgebild der Regen?
Mir wird so leicht!
Wie? kann denn Halmes Reibung mich bewegen?

Auf Bergeshöhn
Stand ein Prophet und suchte dich wie ich:

Da brach ein Sturm der Riesenfichte Ast,
Da fraß ein Feuer durch die Wipfel sich;
Doch unerschüttert stand der Wüste Gast.
Da kam ein Wehn
Wie Gnadenhauch und zitternd überwunden
Sank der Prophet,
Und weinte laut und hatte dich gefunden.

Hat denn dein Hauch
Verkündet mir, was sich im Sturme barg,
Was nicht im Blitze sich enträtselt hat?
So will ich harren auch, schon wächst mein Sarg,
Der Regen fällt auf meine Schlummerstatt!
Dann wird wie Rauch
Entschwinden eitler Weisheit Nebelschemen,
Dann schau ich auch,
»Und meine Freude wird mir Niemand nehmen.«

AM DREIZEHNTEN SONNTAGE NACH PFINGSTEN

Ev.: Vom Tauben und Stummen.
Und er legte seine Finger in die Ohren desselben,
und rührte seine Zunge an, sah gen Himmel,
seufzte, und sprach: »Ephephata«, das ist
»tu dich auf«, und alsbald waren seine Ohren
geöffnet, und das Band seiner Zunge gelöst,
und er redete recht.

Rühr meine Zunge an,
Du kannst sie lösen;
Brich meines Ohres Bann,
Ich mag genesen!
Nein, nicht verloren bin ich, milder Gott,

Ob eingezwängt, ob meines Feindes Spott;
Dich ruf ich, Treuer, zwinge du den Bösen!

Gelähmet hat er mir
Der Nerven Fäden;
Nur durch der Augen Tür
Gehn ein die Reden,
Wenn fassend frommer Mienen Gotteslust
Das Herz sich wenden möchte in der Brust,
Aus bluten möchten die verborgnen Schäden.

So bin ich gänzlich doch
Nicht aufgegeben,
So lang mir irgend noch
Dringt ein das Leben,
Und wär es nur, wie in des Irren Stirn
Sich leise regt das schlummernde Gehirn:
Es lebt, und hoffen darf ich, ob mit Beben.

Nur Worte, Worte sind
Mir nicht Verwandte.
Wie abwärts prallt der Wind
Von Berges Kante:
So prallt, was Andre rührt und Andre schreckt,
Von jener Rinde, die mein Hirn bedeckt
Und die ich einstens Wacht und Mauer nannte.

Nicht immer ist es gleich;
Zuweilen schleichen
Sich aus der Töne Reich
Gewaltge Zeichen,
Wie eine Träne sich zum Herzen drängt,

Wie Bergeskluft den fernen Donner fängt:
O! dann vor Freude fühl ich mich erbleichen.

Nein, meine Lippe kann
Es aus nicht sprechen,
Wie aus der Tiefe dann
Die Tränen brechen.
Nein, was so fremd sich in die Seele flößt,
Das hat noch nicht der Zunge Band gelöst,
Rinnt halb verstanden nur in warmen Bächen.

O lege, starker Hort,
Die gnädgen Hände
An meines Ohres Port!
O aufwärts wende
Um mich auch deiner Blicke friedreich Flehn
Und sprich »Ephephata«, dann ists geschehn,
Dann bin ich frei, dann hat der Fluch ein Ende!

AM ALLERSEELENTAGE

»Es kömmt die Stunde, in welcher Alle, die in den Gräbern sind, die Stimme des Sohnes Gottes hören werden, und es werden hervorgehen die Gutes getan haben zur Auferstehung des Lebens, die aber Böses getan haben zur Auferstehung des Gerichts.«

Die Stunde kömmt, wo Tote gehn,
Wo längst vermorschte Augen sehn.
O Stunde! Stunde! größte aller Stunden,
Du bist bei mir und läßt mich nicht,
Ich bin bei dir in strenger Pflicht,
Dir atm ich auf, dir bluten meine Wunden!

Entsetzlich bist du, und doch wert;
Ja meine ganze Seele kehrt
Zu dir sich, in des Lebens Nacht und Irren
Mein fest Asyl, mein Herzgeblüt,
Zu dem die starre Hoffnung flieht,
Wenn Angst und Grübeln wie Gespenster irren.

Wüßt ich es nicht, daß du gewiß
In jener Räume Finsternis
Liegst schlummernd wie ein Embryo verborgen:
Dann möcht ich schaudernd mein Gesicht
Verbergen vor der Sonne Licht,
Vergehn wie Regenlache vor dem Morgen.

Verkennung nicht treibt mich zu dir,
Mild ist die strengste Stimme mir,
Nimmt meine Heller und gibt Millionen.
Nein, wo mir Unrecht je geschehn,
Da ward mir wohl, da fühlt ich wehn
Dein leises Atmen durch der Zeit Äonen.

Doch Liebe, Ehre treibt mich fort
Zu dir als meinem letzten Port,
Wo klar mein Grabesinnre wird erscheinen.
Dann auf der rechten Waage mag
Sich türmen meine Schuld und Schmach,
Und zitternd nahn mein Kämpfen und mein Weinen.

Vor dir ich sollte Trostes bar
Zergehen wie ein Schatten gar;
Doch anders ist es ohne mein Verschulden:
Zu dir, als zu dem höchsten Glück,

Wie unbeweglich starrt der Blick,
Und kaum, kaum mag die Zögerung ich dulden.

Doch da sich einmal Hoffnung regt,
So wird die Hand, die sie gelegt
In dieses Busens fabelgleichen Boden,
Sie wird den Keim, der willenlos
Und keinem Übermut entsproß,
Nicht wie ein Unkraut aus dem Grunde roden.

Wenn kömmt die Zeit, wenn nieder fällt
Der Flitter, den gelegt die Welt,
Talent und Glück, ums hagere Gerippe:
Da steht der Bettler, schaut ihn an!
Dann ist die Zeit, um Gnade dann
Darf zitternd flehen des Verarmten Lippe.

Dann macht nicht schamrot mich ein Tand,
Dann hat gestellt die rechte Hand
Mich tief und ärmlich, wie ich es verdienet,
Dann trifft mich wie ein Dolchstoß nicht
Hinfort ein Aug voll Liebeslicht:
Ich bin erniedriget und bin gesühnet.

GETHSEMANE

Als Christus lag im Hain Gethsemane
Auf seinem Antlitz, mit geschloßnen Augen,
– Die Lüfte schienen Seufzer nur zu saugen,
Und eine Quelle murmelte ihr Weh,
Des Mondes blasse Scheibe widerscheinend –

Da war die Stunde, wo ein Engel, weinend,
Von Gottes Throne ward herab gesandt,
Den bittern Leidenskelch in seiner Hand.

Und vor dem Heiland stieg das Kreuz empor,
Daran sah seinen eignen Leib er hangen,
Zerrissen, ausgespannt, wie Stricke drangen
Die Sehnen an den Gliedern ihm hervor.
Die Nägel sah er ragen, und die Krone
Auf seinem Haupte, wo an jedem Dorn
Ein Blutestropfen hing, und wie im Zorn
Murrte der Donner, mit verhaltnem Tone;
Ein Tröpfeln hört' er, und am Stamme leis
Hernieder glitt ein Wimmern, qualverloren,
Da seufzte Christus, und aus allen Poren
Drang ihm der Schweiß.

Und dunkel ward die Luft, im grauen Meer
Schwamm eine tote Sonne, kaum zu schauen
War noch des dorngekrönten Hauptes Grauen,
Im Todeskampfe schwankend hin und her.
Am Kreuzesfuße lagen drei Gestalten,
Er sah sie, grau wie Nebelwolken, liegen,
Er hörte ihres schweren Odems Fliegen,
Von Zittern rauschen ihrer Kleider Falten,
O, welches Lieben war wie seines heiß!
Er kannte sie, er hat sie wohl erkannt,
Das Menschenherz in seiner Brust gebrannt,
Und stärker quoll der Schweiß.

Die Sonnenleiche schwand, – nur schwarzer Rauch,
Und drin versunken Kreuz und Seufzerhauch –

Ein Schweigen, grausiger als Sturmes Toben,
Schwamm durch des Raumes sternenleere Gassen,
Kein Lebenshauch auf weiter Erde mehr,
Ringsum ein Krater, ausgebrannt und leer,
Und eine hohle Stimme rief von oben:
»Mein Gott, mein Gott, wie hast du mich verlassen!«
Da faßten den Erlöser Todeswehn,
Da weinte Christus, mit gebrochnem Mut,
Da ward sein Schweiß zu Blut.
Und zitternd quoll es aus des Dulders Munde:
»Herr, ist es möglich, so laß diese Stunde
An mir vorüber gehn!«

Ein Blitz durchfuhr die Nacht! – im Lichte schwamm
Das Kreuz, erstrahlend mit den Marterzeichen,
Und Millionen Hände sah er reichen
Sich angstvoll klammernd an des Kreuzes Stamm.
O Händ' und Händchen aus den fernsten Zonen!
Und um die Krone schwebten Millionen
Noch ungeborner Seelen, Funken gleichend,
Ein leiser Nebelrauch dem Grund entschleichend,
Drang aus den Gräbern der Verstorbnen Flehn.
Da hob sich Christus in der Liebe Fülle,
Und: »Vater, Vater!« rief er, »nicht mein Wille
Der deine mag geschehn!«

Still schwamm der Mond im Blau, ein Lilienstengel
Stand vor dem Heiland im betauten Grün,
Und aus dem Lilienkelche trat der Engel
Und stärkte ihn.

DU DER DISTEL MYSTISCHE ROSE

DIE VERBANNTEN

Ich lag an Bergeshang,
Der Tag war schon gesunken,
In meine Wimper drang
Des Westen letzter Funken.
Ich schlief und träumte auch vielleicht,
Doch hört' ich noch der Amsel Pfeifen,
Wie Echos letzte Hauche, feucht
Und halb verlöscht, am Schilfe streifen.

Mein äußres Auge sank,
Mein innres ward erschlossen:
Wie wild die Klippenbank!
Wie grau die Moose sprossen!
Der Öde Odem zog so schwer,
Als ob er siecher Brust entgleite;
Wohin ich blickte, Rohres Speer,
Und Dorngestrüpp und Waldesweite.

Im Grase knistert' es,
Als ob die Grille hüpfte,
Im Strauche flüstert' es,
Als ob das Mäuslein schlüpfte;
Ein morscher, halbverdorrter Stamm
Senkte die bräunliche Gardine,
Zu Füßen mir der feuchte Schwamm
Und überm Haupt die wilde Biene.

Da raschelt' es im Laub,
Und rieselte vom Hange,

Zertretnen Pilzes Staub
Flog über meine Wange.
Und neben mir ein Knabe stand,
Ein blondes Kind mit Taubenblicken,
Das eines blinden Greises Hand
Schien brünstig an den Mund zu drücken.

Von linder Tränen Lauf
Sein Auge glänzte trübe,
»Steh auf«, sprach es, »steh auf!
Ich bin die Kindesliebe,
Verbannt, zum wüsten Wald verbannt,
Ins öde Dickicht ausgesetzet,
Wo an des sumpf'gen Weihers Rand
Der Storch die kranken Eltern ätzet!«

Dann faltete es hoch
Die hagern Händchen beide,
Und sachte abwärts bog
Es des Geröhres Schneide.
Ich sah, wie blut'ge Striemen leis
An seinen Ärmchen niederflossen,
Wie tappend ihm gefolgt der Greis,
Bis sich des Rohres Wand geschlossen.

Ich ballte meine Hand,
Versuchte mich zu schwingen,
Doch fester, fester wand
Der Taumel seine Schlingen.
Und wieder hörte ich den Schlag
Der Amsel und der Grille Hüpfen,
Und wieder durch den wilden Hag
Der Biene sterbend Sumsen schlüpfen.

Da schleift' es, schwer wie Blei,
Da flüstert' es aufs neue:
»O wache! steh mir bei!
Ich bin die Gattentreue.«
Das Auge hob ich, und ein Weib
Sah ich wie halbgebrochen bücken,
Das eines Mannes wunden Leib
Mühselig trug auf seinem Rücken.

Ein feuchter Schleier, hing
Ihr Haar am Antlitz nieder,
Des Schweißes Perle fing
Sich in der Wimper wieder.
»Verbannt! verbannt zum wilden Wald,
Wo Nacht und Öde mich umschauern!
Verbannt, wo in der Felsen Spalt
Die Tauben um den Tauber trauern!«

Sie sah mich lange an,
Im Auge Sterbeklagen,
Und langsam hat sie dann
Den Wunden fortgetragen.
Sie klomm den Klippensteig entlang,
Ihr Ächzen scholl vom Steine nieder,
Wo grade unterm Schieferhang
Sich regte bläuliches Gefieder.

Ich dehnte mich mit Macht
Und langte nach dem Wunden,
Doch als ich halb erwacht,
Da war auch er verschwunden,
Zerronnen wie ein Wellenschaum; –

Ich hörte nur der Wipfel Stöhnen
Und unter mir, an Weihers Saum,
Der Unken zart Geläute tönen.

Die Glöckchen schliefen ein,
Es schwoll der Kronen Rauschen,
Ein Licht wie Mondenschein
Begann am Ast zu lauschen,
Und lauter raschelte der Wald,
Die Zweige schienen sich zu breiten,
Und eine dämmernde Gestalt
Sah ich durch seine Hallen gleiten.

Das Kreuz in ihrer Hand,
Um ihre Stirn die Binde,
Ihr langer Schleier wand
Und rollte sich im Winde.
Sie trat so sacht behutsam vor,
Als ob sie jedes Kräutlein schone;
O Gott, da sah ich unterm Flor –
Sah eine blut'ge Dornenkrone!

Die Fraue weinte nicht
Und hat auch nicht gesprochen,
Allein ihr Angesicht
Hat mir das Herz gebrochen;
Es war wie einer Königin
Pilgernd für ihres Volkes Sünden;
Wo find' ich Worte, wo den Sinn,
Um diesen Dulderblick zu künden!

Als sie vorüber schwand
Mit ihren blut'gen Haaren,
Da riß des Schlummers Band,
Ich bin emporgefahren.
Der Amsel Stimme war verstummt,
Die Mondenscheibe stand am Hügel,
Und über mir im Aste summt'
Und raschelte des Windes Flügel.

Ob es ein Traumgesicht,
Das meinen Geist umflossen?
Vielleicht ein Seherlicht,
Das ihm geheim erschlossen?
O wer, der eine Trän' im Aug',
Den fromme Liebe je getragen,
Wer wird nicht, mit dem letzten Hauch,
Die heiligen Verbannten klagen!

SPÄTES ERWACHEN

Wie war mein Dasein abgeschlossen,
Als ich im grünumhegten Haus
Durch Lerchenschlag und Fichtensprossen
Noch träumt' in den Azur hinaus!

Als keinen Blick ich noch erkannte,
Als den des Strahles durch's Gezweig,
Die Felsen meine Brüder nannte,
Schwester mein Spiegelbild im Teich!

Nicht rede ich von jenen Jahren,
Die dämmernd uns die Kindheit beut –
Nein, so verdämmert und zerfahren
War meine ganze Jugendzeit.

Wohl sah ich freundliche Gestalten
Am Horizont vorüberfliehn;
Ich konnte heiße Hände halten
Und heiße Lippen an mich ziehn.

Ich hörte ihres Grußes Pochen,
Ihr leises Wispern um mein Haus,
Und sandte schwimmend, halb gebrochen,
Nur einen Seufzer halb hinaus.

Ich fühlte ihres Hauches Fächeln,
Und war doch keine Blume süß;
Ich sah der Liebe Engel lächeln,
Und hatte doch kein Paradies.

Mir war, als habe in den Noten
Sich jeder Ton an mich verwirrt,
Sich jede Hand, die mir geboten,
Im Dunkel wunderlich verirrt.

Verschlossen blieb ich, eingeschlossen
In meiner Träume Zauberturm,
Die Blitze waren mir Genossen
Und Liebesstimme mir der Sturm.

Dem Wald ließ ich ein Lied erschallen,
Wie nie vor einem Menschenohr,

Und meine Träne ließ ich fallen,
Die heiße, in den Blumenflor.

Und alle Pfade mußt ich fragen:
Kennt Vögel ihr und Strahlen auch?
Doch keinen: wohin magst du tragen,
Von welchem Odem schwillt dein Hauch?

Wie ist das anders nun geworden,
Seit ich in's Auge dir geblickt,
Wie ist nun jeder Welle Borden
Ein Menschenbildnis eingedrückt!

Wie fühl' ich allen warmen Händen
Nun ihre leisen Pulse nach,
Und jedem Blick sein scheues Wenden
Und jeder schweren Brust ihr Ach.

Und alle Pfade möcht' ich fragen:
Wo zieht ihr hin, wo ist das Haus,
In dem lebend'ge Herzen schlagen,
Lebend'ger Odem schwillt hinaus?

Entzünden möcht' ich alle Kerzen
Und rufen jedem müden Sein:
Auf ist mein Paradies im Herzen,
Zieht alle, alle nun hinein!

⟨AN EINEM TAG WO FEUCHT DER WIND⟩
Erste Fassung

An einem Tag wo feucht der Wind,
Wo grau verhängt der Sonnenstrahl
Saß Gottes hartgeprüftes Kind
Allein am kleinen Gartensaal,
Ihr war die Brust so voll und enge
Ihr war das Haupt so dumpf und schwer
Selbst um den Geist zog das Gedränge
Der Adern blutge Schleier her

Sie sah am fernen Sees Bord
Der Liebsten leichte Schemen gehn
Und konnte nicht ein grüßend Wort
Gedanken kaum hinüber wehn,
Gefährten Wind und Vogel nur
In selbstgewählter Einsamkeit
Ein großer Seufzer die Natur
Und schier zerflossen Raum und Zeit

Sie sann und saß, und saß und sann,
An ihrem Arm die Grille sang
Vom fernen Felde nun und dann
Ein schwach vernommner Sensenklang
Die kleine Mauerwespe flog
Ihr ängstlich am Gesicht bis fest
Zur Seite das Gewand sie zog
Und offen ward des Tierleins Nest.

Und am Gestein ein Käfer lief
So scheu und rasch wie auf der Flucht
Bald in das Moos sein Häuptlein tief
Bald bergend in der Ritze Bucht
Der Hänfling flattere vorbei
Nach Futter spähend, das Insekt
Hat zuckend bei des Vogels Schrei
In ihre Kleider sich versteckt

Da ward ihr klar wie nicht allein
Das schwergefangne Gottesbild
Im Menschen, wies in dumpfer Pein
Im bangen Wurm, im scheuen Wild
Im durstgen Halme auf der Flur,
Das mit vergilbten Blättern lechzt
In aller aller Kreatur
Nach oben um Erlösung ächzt

Wie mit dem Fluch, so sich erwarb
Der Erde Fürst im Paradies
Er sein gesegnet Reich verdarb,
Und seine Diener büßen ließ,
Wie durch die reinen Adern trieb
Er Tod und Moder Mord und Zorn
Und nur die Schuld allein ihm blieb
Und des Gewissens roher Dorn

Der schläft mit uns und der erwacht
Mit uns an jedem jungen Tag
Ritzt unsre Träume in der Nacht
Und blutet über Tage nach
O schwere Pein, nie unterjocht

Von tollster Lust von keckstem Stolze
Wenn leise leis es nagt und pocht
Und bohrt wie Mad im kranken Holze

Wer ist so rein daß nicht bewußt
Ein Bild ihm in der Seele Grund,
Daß er muß schlagen an die Brust
Und fühlen sich verzagt und wund
So hart wer daß ihn nie erreicht
Ein Wort, daß er nicht mag vernehmen
Wo ihm das Blut zur Stirne steigt
In heißem bangem tiefem Schämen

Und dennoch gibt es eine Last
Die Keiner fühlt und Jeder trägt
So dunkel wie die Sünde fast
Und auch im gleichen Schoß gehegt
Er trägt sie wie den Druck der Luft
Gefühl vom kranken Leibe nur
Bewußtlos wie den Fels die Kluft
Trägt er den Mord an der Natur

Das ist die Schuld des Mordes an
Der Erde Lieblichkeit und Huld,
An des Getieres dumpfem Bann
Ist es die tiefe, schwere Schuld,
Und an dem Grimm, der es beseelt,
Und an der List, die es befleckt
Und an dem Schmerze, der es quält
Und an dem Moder, der es deckt

MONDESAUFGANG

An des Balkones Gitter lehnte ich
Und wartete, du mildes Licht, auf dich;
Hoch über mir, gleich trübem Eiskristalle,
Zerschmolzen, schwamm des Firmamentes Halle,
Der See verschimmerte mit leisem Dehnen,
– Zerfloßne Perlen oder Wolkentränen? –
Es rieselte, es dämmerte um mich,
Ich wartete, du mildes Licht, auf dich!

Hoch stand ich, neben mir der Linden Kamm,
Tief unter mir Gezweige, Ast und Stamm,
Im Laube summte der Phalänen Reigen,
Die Feuerfliege sah ich glimmend steigen;
Und Blüten taumelten wie halb entschlafen;
Mir war, als treibe hier ein Herz zum Hafen,
Ein Herz, das übervoll von Glück und Leid,
Und Bildern seliger Vergangenheit.

Das Dunkel stieg, die Schatten drangen ein, –
Wo weilst du, weilst du denn, mein milder Schein! –
Sie drangen ein, wie sündige Gedanken,
Des Firmamentes Woge schien zu schwanken,
Verzittert war der Feuerfliege Funken,
Längst die Phaläne an den Grund gesunken,
Nur Bergeshäupter standen hart und nah,
Ein düstrer Richterkreis, im Düster da.

Und Zweige zischelten an meinem Fuß,
Wie Warnungsflüstern oder Todesgruß,

Ein Summen stieg im weiten Wassertale,
Wie Volksgemurmel vor dem Tribunale;
Mir war, als müsse Etwas Rechnung geben,
Als stehe zagend ein verlornes Leben,
Als stehe ein verkümmert Herz allein,
Einsam mit seiner Schuld und seiner Pein.

Da auf die Wellen sank ein Silberflor,
Und langsam stiegst du, frommes Licht, empor;
Der Alpen finstre Stirnen strichst du leise,
Und aus den Richtern wurden sanfte Greise,
Der Wellen Zucken ward ein lächelnd Winken,
An jedem Zweige sah ich Tropfen blinken,
Und jeder Tropfen schien ein Kämmerlein,
Drin flimmerte der Heimatlampe Schein.

O Mond, du bist mir wie ein später Freund,
Der seine Jugend dem Verarmten eint,
Um seine sterbenden Erinnerungen
Des Lebens zarten Widerschein geschlungen,
Bist keine Sonne, die entzückt und blendet,
In Feuerströmen lebt, in Blute endet, –
Bist, was dem kranken Sänger sein Gedicht,
Ein fremdes, aber o ein mildes Licht!

DURCHWACHTE NACHT

Wie sank die Sonne glüh und schwer!
Und aus versengter Welle dann
Wie wirbelte der Nebel Heer,
Die sternenlose Nacht heran!

– Ich höre ferne Schritte gehn, –
Die Uhr schlägt Zehn.

Noch ist nicht alles Leben eingenickt,
Der Schlafgemächer letzte Türen knarren,
Vorsichtig in der Rinne Bauch gedrückt
Schlüpft noch der Iltis an des Giebels Sparren,
Die schlummertrunkne Färse murrend nickt,
Und fern im Stalle dröhnt des Rosses Scharren,
Sein müdes Schnauben, bis, vom Mohn getränkt,
Es schlaff die regungslose Flanke senkt.

Betäubend gleitet Fliederhauch
Durch meines Fensters offnen Spalt,
Und an der Scheibe grauem Rauch
Der Zweige wimmelnd Neigen wallt.
Matt bin ich, matt wie die Natur! –
Elf schlägt die Uhr.

O wunderliches Schlummerwachen, bist
Der zartren Nerve Fluch du oder Segen? –
's ist eine Nacht vom Taue wach geküßt,
Das Dunkel fühl ich kühl wie feinen Regen
An meine Wange gleiten, das Gerüst
Des Vorhangs scheint sich schaukelnd zu bewegen,
Und dort das Wappen an der Decke Gips,
Schwimmt sachte mit dem Schlängeln des Polyps.

Wie mir das Blut im Hirne zuckt!
Am Söller geht Geknister um,
Im Pulte raschelt es und ruckt
Als drehe sich der Schlüssel um,

Und – horch! der Seiger hat gewacht,
’s ist Mitternacht.

War das ein Geisterlaut? so schwach und leicht
Wie kaum berührten Glases schwirrend Klingen,
Und wieder, wie verhaltnes Weinen, steigt
Ein langer Klageton aus den Syringen,
Gedämpfter, süßer nun, wie tränenfeucht
Und selig kämpft verschämter Liebe Ringen;
O Nachtigall, das ist kein wacher Sang,
Ist nur im Traum gelös’ter Seele Drang.

Da kollerts nieder vom Gestein!
Des Turmes morsche Trümmer fällt,
Das Käuzlein knackt und hustet drein.
Ein jäher Windesodem schwellt
Gezweig und Kronenschmuck des Hains;
– Die Uhr schlägt Eins. –

Und drunten das Gewölke rollt und klimmt;
Gleich einer Lampe aus dem Hünenmale
Hervor des Mondes Silbergondel schwimmt,
Verzitternd auf der Gasse blauem Stahle,
An jedem Fliederblatt ein Fünkchen glimmt,
Und hell gezeichnet von dem blassen Strahle
Legt auf mein Lager sich des Fensters Bild,
Vom schwanken Laubgewimmel überhüllt.

Jetzt möcht ich schlafen, schlafen gleich,
Entschlafen unterm Mondeshauch,
Umspielt vom flüsternden Gezweig,
Im Blute Funken, Funk’ im Strauch,

Und mir im Ohre Melodei;
– Die Uhr schlägt Zwei. –

Und immer heller wird der süße Klang,
Das liebe Lachen, es beginnt zu ziehen,
Gleich Bildern von Daguerre, die Deck' entlang,
Die aufwärts steigen mit des Pfeiles Fliehen;
Mir ist als seh' ich lichter Locken Hang,
Gleich Feuerwürmern seh ich Augen glühen,
Dann werden feucht sie, werden blau und lind,
Und mir zu Füßen sitzt ein schönes Kind.

Es sieht empor, so froh gespannt,
Die Seele strömend aus dem Blick,
Nun hebt es gaukelnd seine Hand,
Nun zieht es lachend sie zurück,
Und – horch! des Hahnes erster Schrei!
Die Uhr schlägt Drei.

Wie bin ich aufgeschreckt – o süßes Bild
Du bist dahin, zerflossen mit dem Dunkel!
Die unerfreulich graue Dämmrung quillt,
Verloschen ist des Flieders Taugefunkel,
Verrostet steht des Mondes Silberschild,
Im Walde gleitet ängstliches Gemunkel,
Und meine Schwalbe an des Frieses Saum
Zirpt leise, leise auf im schweren Traum.

Der Tauben Schwärme kreisen scheu,
Wie trunken, in des Hofes Rund,
Und wieder gellt des Hahnes Schrei,
Auf seiner Streue rückt der Hund,

Und langsam knarrt des Stalles Tür,
– Die Uhr schlägt Vier. –

Da flammts im Osten auf – o Morgenglut!
Sie steigt, sie steigt, und mit dem ersten Strahle
Strömt Wald und Heide vor Gesangesflut,
Das Leben quillt aus schäumendem Pokale,
Es klirrt die Sense, flattert Falkenbrut,
Im nahen Forste schmettern Jagdsignale,
Und wie ein Gletscher, sinkt der Träume Land
Zerrinnend in des Horizontes Brand.

AM TURME

Ich steh' auf hohem Balkone am Turm,
Umstrichen vom schreienden Stare,
Und laß' gleich einer Mänade den Sturm
Mir wühlen im flatternden Haare;
O wilder Geselle, o toller Fant,
Ich möchte dich kräftig umschlingen,
Und, Sehne an Sehne, zwei Schritte vom Rand
Auf Tod und Leben dann ringen!

Und drunten sah' ich am Strand, so frisch
Wie spielende Doggen, die Wellen
Sich tummeln rings mit Geklaff und Gezisch,
Und glänzende Flocken schnellen.
O, springen möcht' ich hinein alsbald,
Recht in die tobende Meute,
Und jagen durch den korallenen Wald
Das Walroß, die lustige Beute!

Und drüben seh' ich ein Wimpel wehn
So keck wie eine Standarte,
Seh auf und nieder den Kiel sich drehn
Von meiner luftigen Warte;
O, sitzen möcht' ich im kämpfenden Schiff,
Das Steuerruder ergreifen,
Und zischend über das brandende Riff
Wie eine Seemöwe streifen.

Wär ich ein Jäger auf freier Flur,
Ein Stück nur von einem Soldaten,
Wär ich ein Mann doch mindestens nur,
So würde der Himmel mir raten;
Nun muß ich sitzen so fein und klar,
Gleich einem artigen Kinde,
Und darf nur heimlich lösen mein Haar,
Und lassen es flattern im Winde!

⟨IM KEIM DES DASEINS, DEN DIE PHANTASIE⟩

Im Keim des Daseins, den die Phantasie
Zu schaffen nicht vermag, nur zu belauschen
Lagen zwei süßgeschwellte Knospen sie
Von Strahlen träumend und von Quellenrauschen
Und zuckend träumte in den Blättchen auch
Des Duftes Rausch, der Hoffnung zartes Grünen
Noch wesenloser Liebe Purpurhauch
Der erste Honigtropfen frommer Bienen
Im grünen Herzen zuckt es leis und scheu
In dumpfem Schlafe lag des Wurmes Ei

An solcher Blüte o warum der Wurm?
Frag ihn der Jedem gab die Morgenröte
Dem Leu gesellt die Beute und dem Turm
Des Blitzes Strahl, dem Zederwald den Sturm
Ihn der All in gerechter Waage hält
Und bei der Gnade die Versuchung stellt
Nein, frag nicht Sterblicher, doch zittr und bete! –

Wie lehnen sie die Häuptlein voll und schwer
Ans Fenstersims der schweigenden Kapelle
Sehn nicht der ewgen Lampe milde helle
Genüber die Arkade nicht wo hehr
Die Säule steigt, die Karyatide strebt
Und drunten ein Gespensterreigen schwebt
Im Schein der durch der Espe Blätter streift
Und gaukelnd um die Marmorbilder schweift
Doch sieh, es dehnt sich, es reißt der Hülle Schicht
Und langsam sich die lebendge Blüte bricht

Bettina

Ich bin erwacht, O Rund von Duft umsäumt
Bist du der Mond, von dem mich hat geträumt?
Das graue Meer in dem die Zweige rauschen
Am Horizont das matte bleiche Lauschen
Ist das die Nacht? Welch weiter öder Saal!
Und der dort wandelt? hab ich ihn gekannt?
Sein Schritt als ob ein Flügelroß ihn trage?
Die mächtge Saite rührte seine Hand
Mir war als ob an meine Brust sie schlage,

Wer bist Du, sprich, mein Meister und mein Freund
Wo sind die Starken die dein Lied beweint
Die freudgen Götter die dein Spruch gebannt
In meiner Wiege Nebelsonnentage?
Du deutest aufwärts – welche Säulenpracht!
Triumpf die alten Götter sind erwacht!
Nun weiß ich was ich will und wer ich bin,
Licht, Leben, Liebe, Schönheit, nehmt mich hin!

O wunderliches Dasein als ich lag
In meiner grünen Kerkerhülle Hag
Wie Sturmes Rauschen hört ich Hymnen hallen
Von einem Tempel der in Schutt zerfallen
Von einem Götterstamm voll Kraft und Schöne
Der in der Zeiten Jammer unterging
Und drunter summten schauerliche Töne
Von einem Gotte der am Kreuze hing
Ich sah sein blutend Bildnis aufgestellt
Und zitternd knien eine zahme Welt
Ich bin nicht zahm und knien mag ich nicht,
Und zittern? – doch entgegen nur dem Licht.

Es naht es naht, sein Purpurmantel weht
O Helios glorreiche Majestät
Entgegen möcht ich mit dem Vogel singen
Dir mit der Zeder rauschen auf den Höhn
Entgegen mit der Quelle Perlen springen
Entgegen mit Orkanes Flügeln wehn,
Nun bin ich eine Rose vor der Zeit
Sei durch die milde Luft dein Geist bereit
Das war der Pfeil von Helios *x-x*
Das sind die Flammen die mein Sehnen *x-x*

Und eine süße Pein fast wie belebt
Sich tief und tiefer mir zum Herzen gräbt

Siry

Bin ich erwacht? bin ich erst jetzt entschlafen
Wo sind des Traumes wo des Lebens Grenzen?
Die Schimmer die mein schlummernd Auge trafen
Sah ich euch dort als Weiherspiegel glänzen?

〈*nicht vollendet*〉

DER DICHTER – DICHTERS GLÜCK

I

Die ihr beim fetten Mahle lacht
Euch eure Blumen zieht in Scherben,
Und was an Gold Euch zugedacht
Euch wohlbehaglich laßt vererben
Ihr starrt dem Dichter ins Gesicht,
Verwundert, daß er Rosen bricht
Von Disteln, aus dem Quell der Augen
Korall und Perle weiß zu saugen

Daß er den Blitz hernieder langt
Um seine Lampe zu entzünden
Im Wettertoben wenn Euch bangt,
Den rechten Odem weiß zu finden
Ihr starrt ihn an mit halbem Neid,
Den Geisteskrösus seiner Zeit

Und wißt es nicht, mit welchen Qualen
Er seine Schätze muß bezahlen!

Wißt nicht, daß ihn, Verdammten gleich,
Nur rinnend Feuer kann ernähren,
Nur der durchstürmten Wolke Reich
Den Lebensodem kann gewähren
Daß, wo das Haupt ihr sinnend hängt
Sich blutig ihm die Träne drängt
Nur in des schärfsten Dornes Spalten
Sich seine Blume kann entfalten

Meint ihr das Wetter zünde nicht?
Meint ihr der Sturm erschüttre nicht?
Meint ihr die Träne brenne nicht?
Meint ihr die Dornen stechen nicht?
Ja, eine Lamp' hat er entfacht,
Die nur das Mark ihm sieden macht!
Ja Perlen fischt er und Juwele
Die kosten nichts als seine Seele!

II

Locke nicht, du Strahl aus der Höh
Denn noch lebt des Prometheus Geier
Stille still, du buhlender See
Denn noch wachen die Ungeheuer
Neben deines Hortes kristallnem Schrein,
Senk die Hand mein fürstlicher Zecher
Dort drunten bleicht das morsche Gebein
Des der getaucht nach dem Becher

Und du flatternder Lodenstrauß
Du der Distel mystische Rose
Strecke nicht deine Fäden aus
Mich umschlingend so lind und lose
Flüstern oft hör ich dein Würmlein klein
Das dir heilend im Schoß mag weilen
Ach soll ich denn die Rose sein
Die zernagte, um Andre zu heilen?

ZWEI FEUERROSENKNOSPEN IM GARTEN DER POESIE

Dieses Lesebuch mit Texten der Droste stelle ich weder in Westfalen noch am Bodensee zusammen, weder in Bayern noch in der in Berlin herrschenden Augusthitze – wo ich es eigentlich, durch die Geburt meiner Tochter Johanna zum Ausharren gezwungen, doch hätte tun wollen –, sondern erst jetzt, Ende September, in einer Umgebung, die mich sofort an die Wasserschlösser Westfalens erinnert: Lichtreflexionen über die rissige, aufgesprungene Borke einer gewaltigen, den von zwei Schwänen durchkreuzten Schloßteich von Wiepersdorf weit überragenden und sich samt den mythologischen Steinfiguren und dem rotgeziegelten Schloßdach in ihm spiegelnden Eiche.

Im Schatten der Eiche bricht unter meinem und Johannas Gewicht ein morscher Ast, den ich nicht gesehen habe: sein Blut eine Heerschar Feuerkäfer. Die Glocken im Freien jenseits der Kirche auf rostigem Gestänge bleiben unbeeindruckt vom Wüten der Septemberwinde. Meine fünfwöchige Tochter mit einem Tuch vor die Brust gebunden, die Kamera im Kreuz, gehe ich hier in Wiepersdorf umher: filme Kreuzspinnen in ihren durch Taukügelchen gleißenden Netzen voll toter, im Wind schaukelnder chromgrüner Fliegen, die, frisch von den Kothaufen der Schwäne gekommen, hier verendet sind. Nun glitzert das Chromgrün ihrer Chitinpanzer, und die Tauperlen, die auch Regentropfen sein können, werden im Licht der im Sinken noch einmal aus dem Granitgrau des Gewölkes kommenden Sonne blutrot: Fäden, welche an die konzentrischen Kreise erinnern, die ein Fisch hervorruft, der nach Mücken aus dem Wasser springt; Fäden, die zwischen blaugrünen Agavenstacheln und zwischen dem Purpur und dem Violett der Fuchsienblüten vertäut sind.

Und ich frage mich: Welche Fäden es wohl zwischen der Droste und den hier begrabenen Achim und Bettina von Arnim gegeben haben mag. Eine Affinität der Droste zu Achim kann man sich vorstellen: ein Autor, dessen Abgründigkeiten noch die Surrealisten Antonin Artaud, André Breton und René Char entzückten und dessen starke Frauenfiguren im Umkreis von Dämonen, Golems, Toten, Doppelgängern und Spiegelfiguren ohnehin der zur Romantik zurückweisenden Dimension der Droste verwandt sind... Und es kommt mir die treffende Charakterisierung Arnims durch den im gleichen Jahr wie die Droste geborenen Heinrich Heine in den Sinn: Im Gegensatz etwa zu E. T. A. Hoffmann, welcher, sowie er seine Toten beschworen hätte und dieselben, aus ihren Gräbern hervorgestiegen, ihn nun umringten, selber zittere und, Affengrimassen schneidend, in ihrer Mitte tanze, würde es im Falle von Arnims, wofern er seine Toten beschwöre, so sein, als ob ein General Heerschau halte auf hohem Geisterthron und die entsetzlichen Scharen seelenruhig an sich vorbeidefilieren ließe... Und die Droste – säße sie nicht, ohne mit der Wimper zu zucken, neben ihm auf diesem Thron?

Am Grab Bettinas erschrecke ich angesichts der Erkenntnis, daß das Kind, vor meine Brust gebunden, sich zum erstenmal an einem Grab befindet, und prompt, als ob sie meine Gedanken lesen könnte, zappelt Johanna jetzt; sie atmet in kurzen, heftigen Stößen und schlägt mit dem Kopf gegen mein Herz. Plötzlich sehe ich, daß sich die merkwürdige Schlangenlinie in der Mitte des Os im Wort »VON« in der Zeile »FREIFRAU VON ARNIM« bewegt und über das in der Zeile darunter geschriebene Wort »BRENTANO« kriecht zum O des Wortes »GEBOREN«. Und ich versuche, die auf den Rücken geschnallte Kamera vors Auge zu holen, um gegebenenfalls die Durchkreuzung des Wortes »GEBOREN« durch den Tausendfüßler filmen zu können… Allein, das Tier läuft nicht gleich durchs »O« von »GEBOREN«, sondern blitzgeschwind und diagonal durch »1788«; dort, zwischen den zwei Achtern, verharrt es einige Augenblicke, die jedoch nicht genügen, die Kamera zur Zeugin meiner Beobachtung zu machen. Schon entschwindet das Tier, durchquert das O von »GESTORBEN«, kehrt jenseits des Wortes »GESTORBEN« um und läuft nun ohne Hin und Her wieder über die Grabschrift zum Gußeisenrelief des Arnimschen Familienwappens hoch, Richtung gehörnter Ritterhelm, und verschwindet in der Mundöffnung des aufgeklappten Visiers… Und mir fällt der Fragment gebliebene Dialog der Droste ZWEI FEUERROSENKNOSPEN IM GARTEN DER POESIE ein, denn die eine Feuerrose ist Bettina.

Die Droste schreibt in einem Brief an Schlüter über dies Projekt: *Ich lasse Syry und Bettina als zwey Feuerrosenknospen im Garten der Poesie träumen, erwachen, die sie umgebenden Eindrücke von Kunst und Natur, heidnischer und religiöser Begeisterung in sich aufnehmen oder zurück stoßen, die bestimmendsten Erscheinungen ihres Lebens an ihnen vorüber schreiten, endlich die Eine den Altar schmücken, zuerst als Blüthenzweig, – nach vergangner Blüthe als Dornenkrone am Fuße des Cruzifixes niedergelegt, – Die Andre ihre Brust dem heidnischen Helios so weit öffnen, daß seine Strahlen das WurmEy darin ausbrüten, was ihr nachher am Herzen nagt, – und sie zuletzt, nachdem ihr Helios untergegangen, als nackten Dornstrauch erscheinen, der in seinem Grimm die Kleider der Pilger zerreißt, die dem nie verlöschenden und in der Nacht doppelt glänzendem ewigem Lichte der Kapelle zuwallen, von der sie sich ausgeschlossen fühlt…*

Aber zwei Rosen, ob auch Feuerrosen, sind ein viel zu mildes, und vor Allem durch ihr Gefesseltseyn am Strauche viel zu hem-

mendes Bild für zwei Feuerseelen, – sie können weder fliegen, noch jubeln, noch rauschen, – nur duften, ein wenig im Winde flattern, und die, auch nothwendig in einen sehr engen Umkreis gebannten, Erscheinungen in sich aufnehmen;…

Dies Fragment sagt, wie ich finde, doch einiges über die beiden aus. Die Droste dürfte sich mit Syry identifizieren: Sie hat sich, ganz anders als Bettina, die durch ihr Schreiben immer mehr zu einer öffentlichen Instanz wurde, letztlich doch der Welt versagt, dem Helios die Brust nicht geöffnet, sondern Christus, auch wenn, schrecklich genug, der Wurm des Todes in der ihrigen genagt…

Die Zeile, welche meiner Sammlung den Titel gab, stammt aus dem folgenden, Bruchstück gebliebenen Gedicht und hat gleichfalls den Wurm zum Thema:

Und du flatternder Lodenstrauß
Du der Distel mystische Rose
Strecke nicht deine Fäden aus
Mich umschlingend so lind und lose
Flüstern oft hör ich dein Würmlein klein
Das dir heilend im Schoß mag weilen
Ach soll ich denn die Rose sein
Die zernagte, um Andre zu heilen?

Dieses, auf den ersten Blick pathologisch anmutende Bild hat folgenden Hintergrund: Eine Bohrfliege legt ihre Eier in den »Schoß« einer Distelart, der Wollkratzdistel, die bis zu einen Meter fünfzig hoch wird und einen betäubenden Duft aussendet. Sie wird daher als Rose und Königin der Disteln bezeichnet. Maden, das »im Schoße« lebende »Würmlein« der Droste, fressen sodann die »Rose« aus. Jenem Würmlein wiederum wird in der Volksmedizin heilende Wirkung für verschiedene Leiden zugeschrieben.

Das Bild der vom Wurm zernagten Rose erinnert mich überdies an das berühmte Gedicht von William Blake:

O Rose thou are sick.
The invisible worm,
That flies in the night
In the howling storm:

Has found out thy bed
Of crimson joy.
And his dark secret love
Does thy life destroy.

Mehr als Wurm und Rose und mehr noch als das geradezu schamanistische Denken der Droste, durch Zugrundegehen heilen zu wollen, fasziniert mich an diesem Gedicht die Zeile: Du, der Distel mystische Rose.

Aufgrund dieser Zeile und wegen meiner eigenen Faszination für Disteln, die ja gleichsam die Umkehrungen der Rosen sind, gab ich meinem Film über Annette von Droste-Hülshoff den Titel DISTELN FÜR DIE DROSTE.

Dieser Film setzt an dem Punkt ein, wo die Droste die ungeheuren Energien, die in ihr stecken, nicht mehr mit Sprache kanalisieren kann. Es sind die letzten Stunden der Dichterin, in denen Stationen ihres Lebens und Bilder ihres Werkes Revue passieren, Begegnungen mit dem geliebten Levin und der geliebten Elise stattfinden, Natur-, Sehnsuchts- und Todesbilder sich einstellen in der verzerrten Optik des Fiebertraums…

Durch diesen Film, durch dieses Herumgehen, die Texte der Droste im Kopf, die Kamera immer bei mir, erlebte ich dieses Werk, seine Nähe zur Natur – und damit die neue, die uralte Natur neu. Mit der Lyrik der Droste hatte ich – im Gegensatz zu ihrer Prosa – einige Zeit Schwierigkeiten: Die häufig drei- oder vierhebigen, zumeist kreuzgereimten Jamben erschienen mir nach den freien Rhythmen Hölderlins als Rückfall ins Korsett metrischer Konvention... Dieser Eindruck jedoch trog, ich hatte die Vorliebe der Droste für Sperrigkeit unterschätzt. Die Droste gab in keiner Weise der fließenden Melodieführung des Jambus nach, sondern rauhte im Gegenteil durch die Dichtigkeit der Kola, durch vielfach beschwerte Auftakte und spannungsgeladene Pausen, was einen sprunghaften, stockenden, brüchigen Rhythmus hervorrief, die Verse auf bis zum Äußersten. Mehr und mehr wurde ich, anfangs in Westfalen, am Bodensee, in den Alpen, später dann auch in der Natur meiner oberpfälzischen Heimat, sowie in der Natur Böhmens und Brandenburgs, vor allem mit der Kamera unterwegs, in jenen Sog gezogen, den Abgründe hinter glatten Fassaden, den vergessene Gräber unter Wiesengrün und Löwenzahngelb gleichsam erzeugten. Gewiß verdanke ich es nicht zuletzt dem Objektiv der Kamera, welches meinen Blick purifizierte, daß es mir gelang, die Metaphorik gewisser Drostegedichte zu durchstoßen und zur »Ingestalt« des Angeschauten vorzudringen. Und ich erkannte, daß manche dieser Gedichte zum erstenmal in der deutschen Literatur aus einer tiefen, wissenschaftlich grundierten Anschauung der Natur kommen, mehr noch als die Goethes. Und mir fiel mit einem Mal auf, daß die Droste keine griechische Mythologie mehr bemüht wie noch Hölderlin, daß sie zum großen Teil nicht den Volksliedton künstlich erzeugt wie Achim von Arnim und Bettinas Bruder Clemens Brentano oder denselben wie Novalis in die Allegorie treibt oder wie der gleichaltrige Heine mit Ironie durchsetzt, sondern daß sie das in der Natur Gesehene allenfalls mit im Fieber geschauten Gesichten kontrapunktiert, ab und zu auch mit einem Schuß Aberglauben. Im 19. Jahrhundert fällt mir angesichts der, wenn auch unterm Prokrustesbett herkömmlicher Metrik verborgenen phänomenologischen Präzision ihres Blicks fast nur der gleichfalls aus der Anschauung der Natur heraus inspirierte Sprachekstatiker Gerald Manley Hopkins ein, der, gerade noch zu Lebzeiten der Droste geboren, freilich zu viel freieren Formen, dieser von ihm sogenannten Ingestalt der Naturdinge Ausdruck zu verleihen, fand. Wenn man so will, begründeten die beiden, die nichts voneinander wußten, eine in der Lyrik des 19. Jahrhunderts (in der Prosa fiele einem Adalbert Stifter ein) kaum weitergeführte Tradition unmittelbarer Naturwahrnehmung – und dies ist die in die Zukunft weisende Dimension der Droste –, auf welche sich im 20. Jahrhundert so unterschiedliche Leute wie der Franzose Francis Ponge oder der Amerikaner William Carlos Williams mit Fug hätten berufen können.

Auf den ersten Blick schlug mich der SPIRITUS FAMILIARIS DES ROSSTÄUSCHERS in Bann: Den Sagenkern und die Geschichte vorneweg zu setzen, um dann, der Bleigewichte betulichen Erzählens bar, dem Furor ihrer sprachlichen Phantasie nur um so ungebremster die Zügel schießen lassen zu können, ist heutigentags, wo Sprache in der Belletristik bereits wieder nur mehr für Storyburger das Styropor abgibt, noch kühn genug. Deswegen nehme ich diesen Text, der als geschlossenster Block Drostescher Sprachkraft in unser Jahrhundert ragt, zur Gänze in mein Lesebuch auf.

Die einzelnen Teile des Lesebuchs sind nach den Schwerpunkten zusammengestellt: Dialog der Elemente,

Landschaft und Natur ihrer Heimat Westfalen, Liebe und Schwärmerei, Teufelspakt, doppeltes Gesicht, Mystik und Religion und Selbst- und Seelenbilder der Droste. Natürlich durchdringen und verschlingen sich diese Elemente immer wieder aufs neue und könnten auch in den jeweils anderen Abteilungen stehen.

Gewiß, es wäre ein Reiz gewesen, aus dem bisher eher übersehenen Hauptwerk DAS GEISTLICHE JAHR – wo die Mystik eines Angelus Silesius, wo barocke Bildallegorik eingeschmolzen werden in eine gewaltige, immer wieder von Zweifel, Nihilismus, naturwissenschaftlicher Erkenntnis zerfressene Konfession im Kontext sich ankündigenden gesellschaftlichen Umbruchs – die Juwelen zu brechen und zusammenzufügen, zu einem erschütternden »Gespräch der Lebensmüden mit ihrer Seele« …

Oft habe ich nach meinem Film gehört: Wie modern sind diese Texte! Das mag an den Möglichkeiten des Films liegen, diese Texte zu schneiden, mit anderen zu überlagern, mit Bildern, Stimmen, Geräuschen, Musiken zu unterlegen, bestimmte Passagen mit gewandelten Parametern zu wiederholen … Im Lesebuch soll es jedoch bei der Zusammenstellung der ungeschnittenen Texte bleiben – ihre Modernität mag sich vielleicht nicht auf den ersten Blick einstellen, aber ich hoffe auf den zweiten!

Wiepersdorf, im September 1997

Textnachweis

Die Texte der Briefe folgen der Ausgabe:
Sämtliche Briefe. Historisch-kritische Ausgabe. Herausgegeben von Winfried Woesler. Tübingen, Niemeyer 1992 (Nr. 319, S. 105-108; Nr. 420, S. 425-426)

Der spiritus familiaris des Roßtäuschers
Auf hohem Felsen lieg ich hier
An einem Tag wo feucht der Wind
Im Keim des Daseins, den die Phantasie
Der Dichter – Dichters Glück
sind entnommen aus:
Sämtliche Werke in zwei Bänden. Herausgegeben von Bodo Plachta und Winfried Woesler. Band I. Gedichte. Frankfurt a.M. Deutscher Klassiker Verlag 1994 (S. 272-295; S. 552-553; S. 633-635; S. 675-678; S. 544-545)

Ledwina, Die Judenbuche, Traum und Tod, Vorgesicht
sind entnommen aus:
Sämtliche Erzählungen. Herausgegeben von Manfred Häckel. Frankfurt a.M. Insel Verlag 1993 (S. 9-10; S. 80-85; S. 35-38; S. 209-211)

Alle übrigen Texte folgen der Ausgabe:
Sämtliche Gedichte. Mit einem Nachwort von Ricarda Huch. Frankfurt a.M. Insel Verlag 1992

Werner Fritsch, 1960 in Waldsassen geboren, wurde 1987 beim Ingeborg-Bachmann-Wettbewerb mit dem Preis des Landes Kärnten ausgezeichnet. Im selben Jahr erhielt er für *Cherubim* den Robert-Walser-Preis, 1988 den Raurieser-Literaturpreis, 1993 den Hörspielpreis der Kriegsblinden und 1997 den Else-Lasker-Schüler-Preis. Seine Werke erscheinen im Suhrkamp Verlag: *Cherubim*, *Steinbruch*, *Fleischwolf*, *Sense*, *Stechapfel* sowie *Es gibt keine Sünde im Süden des Herzens*. Als insel taschenbuch 1994 erschien 1998 das literarische Landschaftsporträt *Böhmen*.

Lyrik
im insel taschenbuch

Charles Baudelaire: Die Blumen des Bösen. Übertragen von Carlo Schmid. it 120

Bertolt Brecht: Hauspostille. Mit Anleitungen, Gesangsnoten und einem Anhang. Radierungen von Christoph Meckel. it 617

Wilhelm Busch: Kritisch-Allzukritisches. Gedichte. Ausgewählt und mit einem Nachwort von Theo Schlee. Mit Illustrationen von Wilhelm Busch. it 52

Hans Carossa: Gedichte. Der alte Taschenspieler. it 1461

Catull: Sämtliche Gedichte. Lateinisch und deutsch. Aus dem Lateinischen von Carl Fischer. Mit einem Nachwort von Bernhard Kytzler. it 1736

Friedrich Cramer: Spiel der Synapsen. Gedichte und Prosa. it 1657

Annette von Droste-Hülshoff: Geistliches Jahr. Gedichte. it 1885

– Sämtliche Gedichte. Mit einem Nachwort von Ricarda Huch. it 1092

Joseph von Eichendorff: Gedichte. Mit Zeichnungen von Otto Ubbelohde. Herausgegeben von Traude Dienel. it 255

– Gedichte. In chronologischer Folge herausgegeben von Hartwig Schultz. it 1060

Theodor Fontane: Herr von Ribbeck auf Ribbeck. Gedichte und Balladen. Herausgegeben von Gottfried Honnefelder. it 1446

Gedichte berühmter Frauen. Von Hildegard von Bingen bis Ingeborg Bachmann. Herausgegeben von Elisabeth Borchers. it 1790

Johann Wolfgang Goethe: Erotische Gedichte. Gedichte, Skizzen und Fragmente. Herausgegeben von Andreas Ammer. it 1225

– Gedichte. Sämtliche Gedichte in zeitlicher Folge. Herausgegeben von Heinz Nicolai. it 1400

Goethes Liebesgedichte. Herausgegeben von Hans Gerhard Gräf mit einem Nachwort von Emil Staiger. it 275

– Römische Elegien und Venezianische Epigramme. Herausgegeben von Regine Otto. it 1150

– Verweile doch. 111 Gedichte mit Interpretationen. Herausgegeben von Marcel Reich-Ranicki. it 1775

– West-östlicher Divan. Mit Essays zum ›Divan‹ von Hugo von Hofmannsthal, Oskar Loerke und Karl Krolow. Herausgegeben und mit Erläuterungen versehen von Hans-J. Weitz. it 75

Johann Wolfgang Goethe / Friedrich von Schiller: Sämtliche Balladen und Romanzen in zeitlicher Folge. Herausgegeben von Karl Eibl. it 1275

Karoline von Günderode: Gedichte. Herausgegeben von Franz Josef Görtz. it 809

175/1/12.96

Lyrik
im insel taschenbuch

Johann Christian Günther: Die Gedichte. Herausgegeben von Franz-Heinrich Hackel. it 1702

Heidelberg im Gedicht. Die zwölf schönsten Heidelberg-Gedichte mit Interpretationen. Im Auftrag der Literarischen Gesellschaft Palais Boisserée herausgegeben von Helmuth Kiesel. it 1939

Heinrich Heine: Buch der Lieder. Mit zeitgenössischen Illustrationen und einem Nachwort von E. Galley. it 33

– Deutschland. Ein Wintermärchen. Mit einem Nachwort von Joseph Peter Strelka. Anhang mit Bibliographie und einer Zeittafel. it 723

– Gedichte aus Liebe. In einer Auswahl von Thomas Brasch. it 1444

– Neue Gedichte. it 1055

– Romanzero. Mit einem Nachwort von Joseph A. Kruse und zeitgenössischen Illustrationen. it 538

Hermann Hesse: Gedichte des Malers. Zehn Gedichte mit farbigen Zeichnungen. it 893

– Im Garten. Betrachtungen und Gedichte. Zusammengestellt und mit einem Nachwort von Volker Michels. Mit zahlreichen Abbildungen. it 1329 und it 1816

Mit Hermann Hesse reisen. Betrachtungen und Gedichte. Herausgegeben von Volker Michels. it 1242

– Tessin. Betrachtungen, Gedichte und Aquarelle des Autors. Herausgegeben von Volker Michels. it 1494

Friedrich Hölderlin: Gedichte. Herausgegeben und mit Erläuterungen versehen von Jochen Schmidt. it 781

– Die schönsten Gedichte. Ausgewählt und mit einem Nachwort versehen von Jochen Schmidt. it 1508

Christian Morgenstern: Alle Galgenlieder. it 6

Wilhelm Müller: Die Winterreise und andere Gedichte. Herausgegeben von Hans-Rüdiger Schwab. Mit einem Vorwort von Christian Elsner. it 901

Friedrich Nietzsche: Gedichte. Herausgegeben von Karl Riha. it 1622

Novalis: Gedichte. Die Lehrlinge zu Sais – Dialogen und Monolog. Mit einem Nachwort von Jochen Hörisch. it 1010

August von Platen: Wer wußte je das Leben? Ausgewählte Gedichte. Herausgegeben und mit einem Nachwort von Rüdiger Görner. it 1713

Rainer Maria Rilke: Ausgesetzt auf den Bergen des Herzens. Gedichte aus den Jahren 1906 bis 1926. it 98

175/2/12.96

Lyrik
im insel taschenbuch

Rainer Maria Rilke: Das Buch der Bilder. Des ersten Buches erster Teil. Des ersten Buches zweiter Teil. Des zweiten Buches erster Teil. Des zweiten Buches zweiter Teil. it 26
– Duineser Elegien. Die Sonette an Orpheus. it 80
– Erste Gedichte. Larenopfer. Traumgekrönt. Advent. it 1090
– Frühe Gedichte. it 878
– Gedichte. Aus den Jahren 1902 bis 1917. Taschenbuchausgabe der 1931 als Privatdruck erschienenen Edition der Handschrift Rainer Maria Rilkes. Illustriert von Max Slevogt. it 701
– Gedichte aus den späten Jahren. Herausgegeben von Franz-Heinrich Hackel. it 1178
– In einem fremden Park. Gartengedichte. Zusammengetragen von Marianne Beuchert. Mit zwölf farbigen Bildern von Marion Nickig. it 1820
– Die Letzten. Im Gespräch. Der Liebende. it 935
– Die Liebenden. Die Liebe der Magdalena. Portugiesische Briefe. Die 24 Sonette der Louïze Labé. it 355
– Neue Gedichte. Der Neuen Gedichte anderer Teil. it 49
– Das Stunden-Buch, enthaltend die drei Bücher: Vom mönchischen Leben. Von der Pilgerschaft. Von der Armut und vom Tode. it 2
– Vom Alleinsein. Geschichten, Gedanken, Gedichte. Herausgegeben von Franz-Heinrich Hackel. it 1216

Friedrich Rückert: Kindertodtenlieder. Mit einer Einleitung neu herausgegeben von Hans Wollschläger. it 1545

Sappho: Strophen und Verse. Übersetzt und herausgegeben von Joachim Schickel. it 309

Die schönsten Liebesgedichte. Herausgegeben von Sigrid Damm. it 1872

Sternbild des Herkules. Antike Bilder in moderner Lyrik. Herausgegeben, erläutert und mit einem Nachwort von Bernd Seidensticker. it 1789

Theodor Storm: Gedichte. it 731

Georg Trakl: Die Dichtungen. it 1156

Über die Liebe. Gedichte und Interpretationen aus der ›Frankfurter Anthologie‹. Herausgegeben von Marcel Reich-Ranicki. it 794

François Villon: Sämtliche Dichtungen. Zweisprachige Ausgabe. Aus dem Französischen von Walther Küchler. it 1039

Vom Abschied. Eine Gedichtsammlung. Herausgegeben von Margot Litten. Originalausgabe. it 694

Oscar Wilde: Gedichte. Herausgegeben von Norbert Kohl. it 1455

175/3/12.96

Religion und Mystik
im insel taschenbuch

Augustinus: Bekenntnisse. Lateinisch und deutsch. Eingeleitet, übersetzt und erläutert von Joseph Bernhart. Mit einem Vorwort von Ernst Ludwig Grasmück. it 1002

Klaus Berger: Psalmen aus Qumran. Mit zahlreichen Abbildungen. it 1897

Die Blümlein des heiligen Franziskus von Assisi. Aus dem Italienischen nach der Ausgabe der Tipografia Metastasio, Assisi 1901, von Rudolf G. Binding. Mit Initialen von Carl Weidemeyer. it 48

Jakob Böhme: Aurora oder Morgenröte im Aufgang. Herausgegeben von Gerhard Wehr. it 1411

– Christosophia. Ein christlicher Einweihungsweg. Herausgegeben von Gerhard Wehr. it 1412

– Theosophische Sendbriefe. Herausgegeben von Gerhard Wehr. it 1786

– Von der Gnadenwahl. Herausgegeben von Gerhard Wehr. it 1738

– Von der Menschwerdung Christi. Herausgegeben von Gerhard Wehr. it 1737

Dante: Die Göttliche Komödie. Mit fünfzig Holzschnitten von Botticelli. Deutsch von Friedrich Freiherr von Falkenhausen. 2 Bde. it 94

Paul Davies: Der Plan Gottes. Die Rätsel unserer Existenz und die Wissenschaft. Aus dem Englischen von Anita Ehlers. it 1934

Juan de la Cruz: Gotteserfahrung. Übersetzt und herausgegeben von Johannes Boldt. it 1827

Mircea Eliade: Kosmos und Geschichte. Der Mythos der ewigen Wiederkehr. Aus dem Französischen von Günther Spaltmann. Neuausgabe. it 1580

Helmut Fischer: Die Welt der Ikonen. Das religiöse Bild der Ostkirche. Mit farbigen Abbildungen. it 1883

Hermann Hesse: Franz von Assisi. Mit Fresken von Giotto und einem Essay von Fritz Wagner. it 1069

Das Hohe Lied Salomos. Nachdichtungen und Übersetzungen aus sieben Jahrhunderten. Herausgegeben von Hermann Timm. Mit zwölf Bildern von Anatoli L. Kaplan. it 600

William James: Die Vielfalt der religiösen Erfahrung. Aus dem Amerikanischen von Eilert Herms. Mit einem Vorwort von Peter Sloterdijk. it 1784

Lao-Tse: Führung und Kraft aus der Ewigkeit. Das Tao-te-king in der Übertragung aus dem chinesischen Urtext von Erwin Rousselle. it 849

Liebe - eine Richtung des Herzens. Mystischer Kalender 1996. Herausgegeben von Wolfgang Böhme. it 1770

171/1/12.96